D1142048

Nous remercions le ministère du Patrimoine canadien,
la SODEC et le Conseil des Arts du Canada
de l'aide accordée à notre programme de publication

 Patrimoine   Canadian
canadien   Heritage

  Conseil des Arts   Canada Council
du Canada   for the Arts

ainsi que le Gouvernement du Québec
– Programme de crédit d'impôt
pour l'édition de livres
– Gestion SODEC.

Nous reconnaissons l'aide financière
du gouvernement du Canada
par l'entremise du Programme d'aide au développement
de l'industrie de l'édition (PADIÉ) pour ce projet.

Illustration de la couverture :
Jean-Marc St-Denis

Couverture :
Conception Grafikar

Édition électronique :
Infographie DN

Dépôt légal : 4e trimestre 2006
Bibliothèque nationale du Canada
Bibliothèque nationale du Québec

1234567890 IML 09876

Un sirop
au goût amer

**DE LA MÊME AUTEURE
AUX ÉDITIONS PIERRE TISSEYRE**

Collection Conquêtes

Au sud du Rio Grande, roman, 2002.
Le silence d'Enrique, roman, 2004.

**Catalogage avant publication
de Bibliothèque et Archives Canada**

Vintze, Annie

    Un sirop au goût amer

    (Conquêtes ; 112)
    Pour les jeunes de 12 ans et plus.

    ISBN 2-89633-025-9

    I. St-Denis, Jean-Marc. II. Titre III. Collection :
    Collection Conquêtes ; 112.

PS8593.157S57 2006   jC843'.6   C2006-941790-3
PS9593.157S57 2006

Annie Vintze

Un sirop
au goût amer

roman

ÉDITIONS
PIERRE TISSEYRE

5757, rue Cypihot, Saint-Laurent (Québec) H4S 1R3
Téléphone: (514) 334-2690 – Télécopieur: (514) 334-8395
Courriel: ed.tisseyre@erpi.com

À Stéphane, mon frère,
en souvenir de l'été 83.

1

Quelle bonne nouvelle !

L'enveloppe dépasse légèrement de la boîte postale. À peine un coin. Juste ce qu'il faut pour que je lise d'où elle provient : Services sociaux français. Mon cœur tressaute dans ma poitrine tandis que ma langue devient râpeuse au contact de mon palais. Que veulent-ils ?

J'empoigne mon sac d'école que j'avais déposé à mes pieds, ramasse distraitement les circulaires et autres lettres qui encombrent la boîte et pousse la porte d'entrée. Elle résiste, fermée à clé. C'est vrai ! Je dois ouvrir moi-même, maman n'est pas là. Elle a dû quitter Montréal pour quelques semaines, question d'aller soigner sa sœur au Mexique. Ma tante

9

s'est fracturé l'os du talon en tombant d'un escabeau.

Tout en refermant la porte derrière moi, je retourne entre mes doigts la curieuse lettre venue de France. Elle est adressée à maman, comme à peu près tout le courrier qui nous arrive d'habitude. Cependant, je sais fort bien que le contenu de cette enveloppe me concerne. Maman ne connaît personne en Europe, elle est Mexicaine. Alors que moi, j'y suis née et j'y ai même passé une partie de ma petite enfance. Jusqu'au jour où Francis, qui est devenu mon grand frère, m'a sauvée d'un trou d'eau lors d'une inondation quelque part dans les Pyrénées françaises[1]. Quelques semaines plus tard, sa mère venait me chercher pour m'adopter, car je n'avais plus de parents. Depuis, je n'ai jamais eu de nouvelles, quelles qu'elles soient, de la France à part cette lettre intrigante qui arrive aujourd'hui. Et maman qui vient de partir...

J'ouvre le réfrigérateur pour me verser un verre de lait. Au passage, je me prends deux biscuits, puis je m'installe confortablement au salon pour manger ma collation. Tout en grignotant, j'essaie de discerner le contenu de l'enveloppe en la maintenant devant l'éclairage dru d'une lampe halogène.

---

1. Voir *Le silence d'Enrique*, Conquêtes n° 100.

Peine perdue. Tant pis, je devrai patienter jusqu'au retour de maman. *Ce n'est peut-être pas si important après tout*, me dis-je pour me rassurer. Et puis, je montrerai la lettre à Francis, peut-être qu'il saura de quoi il s'agit.

Ma collation terminée, les miettes à peu près ramassées, je m'apprête à commencer un fastidieux devoir de sciences lorsque la sonnerie du téléphone me fait sursauter. Je me précipite. À cette heure-ci, ce ne peut être que Sandrine, ma meilleure amie. Francis arrive de travailler beaucoup plus tard et comme il habite l'appartement au-dessus, il ne téléphone que rarement. Il préfère descendre… et en profiter pour s'empiffrer des pâtisseries que maman cuisine à l'intention de ce grand jeune homme affamé qui travaille comme contremaître sur les chantiers des environs.

Dring!! insiste le téléphone. Je réponds.

— Allô.

— Allô Rosalie! C'est moi.

— Francis! Tu n'es pas au travail?

— Oui, mais aujourd'hui je termine plus tôt. On a quelque chose à célébrer. Ne bouge pas, j'arrive.

— T'as eu une promotion? T'as gagné au 6/49?

Il me coupe la parole.

11

— Tu verras… Tu vas être super contente… et maman aussi. Il faudra lui téléphoner ! À tantôt.

Il a raccroché. Une bonne nouvelle… Tant mieux ! Et je vais pouvoir lui montrer la lettre en même temps.

Je me demande tout de même de quoi il s'agit. Je vais essayer de me débarrasser de ce satané devoir avant que mon frère n'arrive, et puis nous aurons tout notre temps pour souper ensemble en paix… À moins qu'il n'amène avec lui Aurélie, sa blonde qu'il a rencontrée en France, le même été où il m'a sauvé la vie, il y a presque dix ans.

J'ai du mal à me concentrer sur les problèmes à résoudre. Je ne fais que penser à la lettre. Il faut pourtant que j'en vienne à bout, car ce travail est à remettre dans deux jours. Or, demain, je patine toute la soirée à l'aréna municipal. Je participe à une compétition importante la semaine prochaine et je dois absolument peaufiner mon solo si je veux me classer pour la finale provinciale. Donc, pas question de finir ce devoir demain. Par contre, comment venir à bout de ces calculs tout en pensant constamment à ces satanés Services sociaux français ?

Quarante-cinq minutes plus tard, la porte d'entrée s'ouvre bruyamment alors que j'entame le dernier problème. Francis fait irruption dans la pièce, tenant une bouteille de champagne d'une main et son inséparable Aurélie de l'autre. Celle-ci arbore un sourire digne de la plus typique publicité de dentifrice. Il rompt le silence.

— Devine quoi !

— Je ne sais pas, moi. T'as acheté la compagnie ?

— Tu es dans les patates, ma belle, dit-il en posant ses larges mains sur mes épaules. Dis-lui, Aurélie.

— Tu vas bientôt devenir tante, Rosalie ! me dit-elle, les yeux humides, sans pourtant cesser de sourire.

L'annonce de cette grossesse me fait l'effet d'une douche frigorifiée. Aurélie enceinte ! Francis deviendra père et maman grand-mère alors que je n'ai que quinze ans ! Et moi, que vais-je devenir dans tout cela ? Une gardienne bon marché ? J'imagine déjà Aurélie susurrant à son chérubin : « T'as fait un gros caca ? Va voir tati Rosalie, elle va changer ta coucouche ! » Non mais, tu parles d'une nouvelle. Et Francis qui s'imaginait que je sauterais de joie à l'idée de devenir « tante Rosalie », comme dit Aurélie avec son petit accent pointu.

Je me creuse pourtant la tête pour trouver quelque chose de gentil à prononcer. Ils ont l'air si heureux, je ne voudrais pas dégonfler leur bulle en leur disant platement ce qui me passe par la tête. J'arrive tout de même à balbutier quelques mots alors qu'Aurélie attend impatiemment, la main déjà sur son ventre pourtant aussi plat qu'une messe télévisée.

— Félicitations! Et c'est pour quand?

— Début novembre probablement, répond Francis en cherchant des verres à vin dans l'armoire. T'es contente?

— Euh, oui, surprise surtout!

— Comment, surprise? Tu sais bien que ça fait déjà quelque temps que nous en parlons.

Il me tend une coupe à champagne en rajoutant:

— Tu es la première à qui nous l'annonçons.

Quant à Aurélie, elle fouille son sac à main et en extirpe un bâtonnet de plastique.

— Regarde, mon test de grossesse. Tu vois, il y a deux lignes roses, là…

Bon, un peu plus, elle me montrerait son échantillon d'urine alors que Francis me verse une bonne quantité de mousseux aux reflets dorés… Bref, rien pour m'ouvrir l'appétit.

— Assez, Francis, tu sais bien que je n'aime pas l'alcool.

— Une fois n'est pas coutume, voyons. Et puis, un peu aussi pour la maman, mais pas trop. Il ne faudrait pas saouler Junior, tout de même.

Et c'est ainsi que nous nous retrouvons à trinquer en l'honneur d'un futur éventuel potentiel bébé, actuellement de la grosseur d'une crevette équeutée que Francis a déjà baptisé Junior! Un chausson avec ça?

Nous passons une bonne partie de la soirée autour d'un souper préparé à la hâte. Comme musique d'ambiance: le bavardage incessant d'Aurélie qui «ô misère» commence déjà à me décrire les symptômes qu'elle ressent bizarrement avec plus d'intensité depuis l'apparition des doubles lignes roses sur son test. Puis, les tourtereaux se lèvent et passent au salon pour essayer de joindre maman à Monterrey et Amélia, la sœur jumelle d'Aurélie qui habite toujours en France. Jolies factures d'interurbain en perspective.

— Maman est ravie! Elle veut te parler, dit Francis en me tendant le combiné.

Celle-ci jubile au téléphone.

— Dommage que je ne puisse être là pour célébrer cette merveilleuse nouvelle! m'explique-t-elle d'une voix lointaine.

Je l'interromps avant qu'elle ne me demande si je suis contente.

— T'as fait un bon voyage?

— Parfait, très confortable.

— Et Maria?

— Elle est immobilisée pour l'instant. Demain, on va aller voir pour un fauteuil roulant. Je dois l'aider pour tout. Ils lui ont rafistolé l'os du talon à l'aide de vis.

— Et Enrique ? Il est médecin, après tout.

— Il va essayer de prendre congé à la fin du mois et viendra passer du temps avec sa mère. Mais, il ne peut rien faire de plus, tu sais.

Je dois lui parler de la lettre. Ça va sûrement l'intriguer et mettre sa patience à l'épreuve. Elle acceptera peut-être que je l'ouvre ou que je la remette à Francis. Je décide de lui tendre une perche, pour voir sa réaction.

— Maman, tu as reçu une lettre de la France.

— De la France ? Bizarre, je n'y connais personne…

Je l'interromps :

— Elle provient des Services sociaux.

— …

Plusieurs secondes s'écoulent, qui me font maintenant regretter de lui en avoir parlé. Elle semble troublée, c'est évident.

— Maman, tu es toujours là ?

— Si, si, finit-elle par me répondre, la voix étranglée. Je… ce n'est rien… N'y touche pas. C'est sûrement une erreur. Repasse-moi Francis, s'il te plaît.

Francis reprend le combiné et sort sur le balcon après quelques secondes de conversation. Je me retrouve en tête à tête avec Aurélie qui, manifestement, n'a pas écouté mes répliques. Elle m'explique :

— J'ai hâte de parler à Amélia. Elle était si impatiente que je devienne enceinte. Mais, j'ai préféré attendre un peu, question d'avoir la citoyenneté canadienne et tout. Et puis, il y a mon emploi au Biodôme... Je ne sais pas ce qu'ils vont dire quand ils apprendront...

Je ne l'écoute plus... Francis est toujours dehors, en pleine conversation avec maman. Je l'aperçois à travers le plein jour qui gesticule en faisant les cent pas. Il finit par rentrer, dépose le sans-fil sur son socle, puis se dirige vers moi en disant :

— Rosalie, donne-moi cette lettre, s'il te plaît.

2

Dérapage

Cette prestation est cruciale. Je dois absolument terminer sur le podium pour accéder à la finale. Selon Josée, mon entraîneur, j'ai de bonnes chances à la condition d'atterrir tous mes sauts doubles et surtout le double axel par lequel je commence, d'ailleurs.

L'aréna est plein à craquer de spectateurs qui retiennent leur souffle. Certains croisent les doigts pour que je réussisse. Mais d'autres espèrent silencieusement que je morde la poussière. Dès qu'il y a des juges, des points, des critères de sélection, un podium avec seulement trois places, il y a de la jalousie. Ce genre de sport génère également énormément de pression à cause de tout le temps investi et des sacrifices nécessaires à l'achat de l'équipement. Ces éléments se combinent, et cela crée ce qu'on appelle dans le milieu la saine compétition. Tu parles! Je ne vois pas tellement ce qu'il y a de sain là-dedans, à part le sport en tant que tel.

Et puis, il y a Jennifer et toute sa clique qui m'observent. Elle patine tout juste après moi. Sa seule chance d'accéder aux premières places, c'est que je rate mon axel. Même si elle patine très bien, elle n'arrive pas à atterrir convenablement. Elle ne le tente même pas en compétition, étant certaine de se retrouver sur le derrière devant juges et spectateurs. Il ne lui reste plus qu'à espérer que je trébuche sur la ligne rouge de la patinoire. Son bonheur sera décuplé par mon humiliation. Dans le milieu, c'est ce qu'on appelle la saine rivalité. Encore quelque chose de sain!

C'est maman qui m'a inscrite à ce sport dont elle raffole. Et moi, je suis tombée dans le piège. J'adore ça. Quand je pose un pied sur la patinoire et que je sens l'air froid à l'odeur ammoniaquée pénétrer mes poumons, j'ai l'impression d'avoir des ailes. Et j'avoue que je m'en tire bien. Et puis, ça fait tellement plaisir à maman. À Francis aussi. Il vient souvent me voir patiner. D'habitude, c'est lui qui m'amène à l'aréna. Et puis, en huit ans, il n'a jamais raté une compétition. Jamais.

À part aujourd'hui.

Il est venu me conduire à Montréal-Nord où a lieu la compétition. Dans la voiture, il m'a souhaité bonne chance, en s'excusant de ne pouvoir rester.

— Ça tombe mal que maman ne soit pas là en plus, mais je préfère rester avec Aurélie… Elle est fatiguée et a tellement de nausées. J'espère que tu comprends.

Bien sûr que je comprends. Ce que je comprends, surtout, c'est que j'existe à peine ces temps-ci. D'abord maman qui me plante là pour aller au Mexique. Comme si personne d'autre qu'elle pouvait aider Maria! Enrique aurait pu faire un effort, il habite là-bas. Ensuite, il y a Aurélie qui décide de devenir enceinte! Si elle savait comme je me fiche de sa foutue bedaine, de ses nausées, de ses petits bobos et de toutes ses jérémiades!

Je n'ai rien contre elle, pourtant. Je l'admets, elle est gentille, et toujours de bonne humeur, c'est vrai. Mais justement, je crois que c'est ce qui m'agace. Enfin, je ne sais pas pourquoi, mais je ne l'aime pas, cette fille trop parfaite avec son allure de poupée de porcelaine. Elle ressemble à s'y méprendre à la poupée victorienne qui décore le haut de l'étagère dans ma chambre. Avec ses grands yeux bleus, évidemment, et ses longs cheveux roux, bien sûr, on la dirait sortie tout droit d'un magazine de jouets anciens. Il ne lui manque qu'une ombrelle et une jupe à crinoline.

Et Francis qui se plie à ses quatre volontés. Je pense qu'il l'aime trop. Elle lui nuit dans son travail. L'année dernière, il a refusé un mégacontrat à Québec pour éviter qu'Aurélie perde son emploi au Biodôme.

Il m'avait expliqué :

— Tu comprends, des biodômes, où Aurélie peut exercer sa profession de zoologue, il n'y en a qu'un, situé à Montréal. Tandis que des chantiers, on en trouve partout, tu vois ?

Maman et moi avons soudainement perdu tout intérêt. La preuve, il ne m'a jamais reparlé de la lettre. Je suis certaine, pourtant, que maman lui a demandé de la lire. Pendant que je rumine tout cela, je dois me préparer psychologiquement à cet affrontement sportif sans le support de ma famille. Heureusement, Sandrine fait irruption dans la chambre des patineurs. Elle s'assoit à côté de moi.

— Achèves-tu ? me demande-t-elle en me regardant lacer mes patins.

— J'ai fini. Comment ont fait les autres ?

— Assez bien, je pense, pour la plupart. Sauf pour la fille du club des Intersports. Tu sais, la petite blonde.

— Audrey Dufresne ?

— Oui, je crois. Eh bien, elle a tout raté. T'aurais dû voir l'air triomphal de Jennifer quand la pauvre est tombée en atterrissant.

— Attends un peu que j'arrive sur la glace. Je vais lui faire ravaler son sourire, à celle-là, dis-je d'un ton décidé en me levant.

Et c'est dans cet état d'esprit que je franchis le tapis caoutchouteux menant au centre de l'amphithéâtre où les lionnes m'attendent, affamées comme si on les avait nourries au céleri depuis quinze jours. Et tant pis pour Francis qui va manquer le massacre, trop occupé à dorloter sa Gauloise adorée.

○

L'air triomphal du concerto brandebourgeois résonne enfin à mes oreilles. J'attends la seconde mesure avant d'entamer les premiers mouvements de cette chorégraphie que je mets au point depuis plus d'un an.

Je suis tellement concentrée sur les gestes à effectuer que je ne vois pas les centaines de spectateurs qui m'observent en silence. Je fais également fi des trois juges qui dévisagent les concurrentes d'un air morne, à l'affût de la moindre erreur.

Voilà, c'est parti! Après la première courbe, une série de pas accompagnés de mouvements de bras parfaitement synchronisés à la musique de Bach… puis un mohawk pour me retourner et entamer une série de croisés arrière efficaces devant me donner la vitesse nécessaire pour exécuter les deux rotations et demie qui caractérisent le double axel.

J'arrive à l'endroit désigné à la bonne vitesse, où j'attends le moment propice pour me lancer dans les airs afin d'atterrir au moment même où Jean-Sébastien Bach fait résonner la grosse caisse… Et c'est la catastrophe !

Au moment de l'atterrissage, mon patin dérape sur le côté, je perds le contrôle et l'équilibre et me retrouve à tournoyer au sol, sur cette glace impitoyable. J'entends un murmure de consternation dans la foule au lieu des applaudissements auxquels je m'attendais.

Néanmoins, je me relève, raccroche un sourire plaqué sur mon visage et continue mon solo, déterminée à sauver la face et les meubles. Mais là, c'est plus difficile. J'avais besoin de cette confiance inébranlable pour accomplir sans bévue toutes ces contorsions aériennes sans problème. Et voilà que je rate mon premier saut.

L'approche du lutz se fait au son d'un *crescendo* de cuivres… Je pique au moment culminant pour atterrir… sur les fesses. Encore ! Une telle déconfiture ne m'est jamais arrivée, je ne comprends pas ce qui se passe, mais je manque de contrôle à l'atterrissage de chacun de mes sauts. Pourtant, tout allait bien à l'entraînement ce matin. Que se passe-t-il?

Je décide de simplifier ma chorégraphie pour éviter d'autres chutes. Je tombe malgré tout une troisième fois à la sortie d'un jeu de pieds pourtant simple. Je n'ai jamais eu aussi hâte que s'achève ma prestation. Ce sont les trois minutes les plus longues de toute ma vie.

Enfin, la séance de torture s'achève avec la fin de l'enregistrement. Après avoir promptement salué les spectateurs, je sors de la patinoire accompagnée d'applaudissements polis. Quelle humiliation! Et dire que je m'entraîne depuis des mois, cinq fois par semaine, pour cette compétition. Je réussis parfaitement ce solo d'habitude. Pas plus tard qu'en matinée, tout était au point!

Déçue, Josée me tend mes protège-lames en me disant:

— Ça arrive des fois… Ce n'était pas ton jour, Rosalie, c'est tout!

En tournant pour disparaître le plus vite possible dans le vestiaire, je tombe sur Sandrine qui m'attend, consternée:

— Pauvre toi! Tu ne t'es pas fait mal au moins?

— Mal? Oui, je me suis fait mal. Très mal même.

— Où ça? À la jambe?

— Non, à l'amour-propre. Tu te rends compte… humiliée devant tout le monde…

Je fonds en larmes. Impossible d'assécher les chutes du Niagara. En plus, comme pour empirer les choses, j'entends le vrombissement familier de la foule qui applaudit ma concurrente. Je ne fais ni une ni deux, détache mes patins et les lance au fond de mon sac de sport. J'enlève ma robe bleue pailletée et la chiffonne au fond du même sac sous le regard médusé de Sandy, qui ne m'a jamais vue dans un état de colère semblable.

— Allons, viens, me dit-elle. Ne restons pas ici.

Je la suis, aveuglée par mes larmes de colère, pressée de quitter cet endroit maudit où j'ai l'impression qu'on me dévisage comme si j'avais la lèpre. Nous arrivons enfin en vue des portes vitrées de l'entrée au-delà desquelles je retrouverai bientôt mon anonymat. Sandrine a déjà la main posée sur la poignée lorsque quelqu'un l'interpelle.

— Hé, Sandy… tu fais ton indépendante?

Un groupe de jeunes garçons se tient devant le snack-bar. En temps normal, jamais je n'aurais adressé la parole à ce genre de gars. Mais là, il y en a un qui semble connaître ma copine. Celle-ci s'immobilise, son visage s'éclaire et elle saute au cou d'un grand ado noir, au regard perçant.

— Steve! T'es revenu des États-Unis?

— Pas le choix... et toi, tu fais du patin maintenant? dit-il en improvisant gauchement des mouvements de bras et de jambes.

— C'est pas moi, idiot, répond-elle en me tirant par le bras... C'est mon amie. Elle est super bonne. Rosalie, je te présente mon cousin Steve, son copain Bingo et leurs amis, ajoute-t-elle.

— Salut, dis-je un peu embarrassée par mes yeux bouffis et mon nez rougi.

À cet instant, un des garçons avance de quelques pas et me tend la main. Il porte un bandana sur la tête, et aux oreilles, d'énormes diamants qui doivent cependant être faux. Sinon, ils seraient certainement exposés au musée Smithsonian à Washington si j'en juge par leur grosseur. Il m'adresse la parole tout en tenant mes doigts.

— Rosalie? répète-t-il d'une voix suave... t'es latino? demande-t-il ayant sans doute remarqué mon teint mat et mes yeux sombres.

— D'Espagne... mais ma mère est Mexicaine.

— Et ton père, Martien! rajoute un troisième en se bidonnant à mes dépens.

Mon interlocuteur lui jette un regard de toréador qui fait taire instantanément cet espèce d'imbécile, puis il se tourne vers moi tout en adressant la parole à mon amie.

— Tu ne m'as jamais dit que tu avais de si jolies amies, Sandy.

Je retire ma main de la sienne… quelque peu mal à l'aise, mais tout de même flattée du compliment. Sandrine met fin à la conversation en me poussant vers la porte.

— Bon, salut les gars… On doit y aller, s'empresse-t-elle d'ajouter alors que la porte vitrée se referme sur eux.

— Eh, les filles, vous voulez que je vous raccompagne ? demande le gars aux diamants tout en brandissant son trousseau de clés.

— Non merci !

Cet épisode fortuit me fait oublier momentanément ma contre-performance. Le compliment de ce beau jeune homme me procure un tel réconfort que mes soucis de patineuse passent soudainement au second plan.

Il pleut. Heureusement, l'autobus ne se fait pas trop attendre. Enfin assise sur la banquette du fond, je commence à décompresser un peu.

— Tu ne m'as jamais dit que t'avais des cousins, dis-je à Sandrine en ouvrant mon sac à patins.

— C'est parce que j'en ai plein ! D'ailleurs, Steve n'est pas vraiment mon cousin, mais c'est ma tante qui l'élève étant donné que ses parents vivent à New York. C'est souvent comme ça dans la communauté haïtienne. Tout le monde s'entraide. Et puis, je ne l'avais pas vu depuis longtemps. Qu'est-ce que tu fais ? me demande-t-elle en me voyant saisir un patin d'une main et un chamois de l'autre.

— J'essuie mes lames, c'est important pour éviter la rouille.

— Ah bon, répond-elle quelque peu médusée. Tu fais ça chaque fois ?

— Oh si ! Au prix que ça coûte…

C'est alors que je remarque quelque chose d'étrange. Je dépose le linge sur la banquette et saisis la lame fermement en lui imposant un mouvement de torsion de gauche à droite. Puis, j'interromps mon mouvement, le cœur battant et dis à mon amie :

— Sandy, je pense que mes lames ont été dévissées…

3

Urgence

J'ai déjà entendu parler de ce type de sabotage dans le milieu du patinage. L'année dernière, aux championnats canadiens, il paraît qu'une patineuse s'est aperçue à la dernière minute que sa robe de compétition avait été découpée en lambeaux. Et que dire de la dégoûtante affaire de cette patineuse américaine qui avait engagé une brute pour frapper son adversaire aux jambes et ainsi l'empêcher de participer à la compétition ! Cependant, jamais je n'aurais pu penser qu'une telle injustice puisse m'arriver à moi. Sandrine semble incrédule :

— Tu es sûre ?

— Certaine. Regarde, toutes les vis sont lâches. La lame tient à peine. Elle vacille donc à l'atterrissage.

31

— Tu es certaine que ça ne s'est pas produit tout seul?

Je lui montre l'autre patin en guise de réponse.

— Regarde, c'est la même chose pour celui-là! Tu sais, je les ai fait aiguiser la semaine dernière. M. Lafond n'aurait jamais laissé mes patins dans cet état. Je pense que quelqu'un s'est emparé de ceux-ci entre le moment de l'échauffement et celui où je me suis présentée sur la glace.

— Mais c'est épouvantable! C'est criminel! Tu ne vas pas laisser faire ça sans dire un mot!

— Que veux-tu que je fasse? Je n'ai aucune preuve bien que je sois certaine qu'il s'agisse de Jennifer ou d'une de ses amies. Je vais voir avec Francis, mais je pense qu'il n'y a pas grand-chose à faire.

Sandrine descend à l'arrêt suivant. Quant à moi, je dois me rendre au métro pour aller jusqu'à la station Viau. Je prends donc congé de mon amie qui reste plantée sur le trottoir à m'envoyer la main tant que le lourd véhicule ne s'est pas trop éloigné. Elle est tellement gentille, cette fille. Elle cherche toujours à me faire plaisir. Elle est toujours là pour m'encourager ou me consoler quand ça ne va pas. En plus, elle est super géniale à l'école. Nous faisons la plupart de nos travaux ensemble.

J'espère que nous serons amies encore longtemps. Parfois, j'ai peur qu'elle ne se fasse un copain et qu'on ait moins de temps à passer ensemble. Heureusement, pour l'instant, il n'y a pas de prospect en vue, donc inutile de me faire du souci avec ça.

Je descends de l'autobus pour m'engouffrer dans la station de métro. Un fort courant d'air m'aspire vers l'intérieur… un peu comme une vague de fond qui me tirerait vers le large. J'entends l'air siffler entre les portes battantes et me sens subitement seule au milieu de tous ces inconnus. J'espère que Francis sera là. J'ai hâte de voir ce qu'il dira de l'affaire des lames dévissées. Au moins, me voilà déculpabilisée de ma piètre performance et rassurée de penser que ce n'est pas uniquement ma faute si j'ai tout raté. Et puis, ça me rappelle qu'il est important d'apprécier les rares moments de gloire pour pouvoir mieux digérer les défaites.

J'arrive dans une maison triste et vide. Seule la présence de ma perruche bleue m'apporte du réconfort par ses jacassements nasillards. Je change son eau, ajoute des graines et la laisse se percher sur mon index pendant quelques secondes.

Le réfrigérateur est à l'image de la maison. Un reste plutôt douteux de macaroni au fromage orne la tablette du haut tandis qu'une pizza entamée encombre celle du bas. Rien d'inspirant! Je jette mon dévolu sur un bol de céréales, même s'il est deux heures de l'après-midi, et je décide de monter chez Francis lui raconter l'histoire des patins branlants.

Tant qu'à y être, je vais le questionner aussi au sujet de la lettre… Ça me frustre quand maman et lui manigancent derrière mon dos. Ça me rappelle quand j'étais petite et qu'ils se mettaient à parler anglais pour me tenir à l'écart de leurs conversations.

Je sonne et monte l'escalier quatre à quatre, tenant mes patins dans mes mains. Francis m'accueille au haut de l'escalier avec un drôle d'air. Il ne semble pas remarquer les bottillons blancs qui m'encombrent. Qui plus est, il a l'air d'avoir oublié ma compétition. Il me dit plutôt :

— Je suis inquiet pour Aurélie.

— Qu'est-ce qu'il y a? dis-je en déposant mes patins dans l'entrée.

— Je ne sais pas… Elle avait des crampes ce matin… Puis maintenant, elle a des saigne-ments… Je pense que je devrais l'amener à l'hôpital. Qu'en dis-tu?

— Moi, tu sais, les problèmes de femmes enceintes, je n'y connais pas grand-chose. Mais disons que ça ne semble pas normal.

— Bon. Je vais arrêter d'hésiter et l'ame-ner à l'urgence. Tu viens?

Disons que je n'avais pas exactement prévu passer mon samedi après-midi dans une salle d'urgence bondée de souffreteux à tenir compagnie à Miss France… mais Francis a l'air si angoissé que je n'ose me désister.

— D'accord, dis-je. J'en profiterai pour te raconter ma compétition.

— Ah oui, c'est vrai! Ça s'est bien déroulé? me demande-t-il distraitement en fourrant quelques vêtements dans un sac.

— Excellent! Tu vois, je croule sous le poids des médailles.

○

Comme prévu, l'urgence est bondée. Heureusement, puisqu'il s'agit d'une grossesse, Aurélie a droit à une civière pour s'allonger en attendant d'être vue par le médecin. Ils sont inquiets tous les deux, c'est normal, j'imagine. Je trouve qu'il ne faut quand même pas exagérer la situation. Si elle perd son bébé, elle n'aura qu'à redevenir enceinte un peu plus tard… Ce n'est pas la fin du monde, il me semble.

Francis n'est plus que l'ombre de lui-même. Il triture un trou dans son jeans à la hauteur de son genou et tire distraitement sur chacun des fils blancs qui dépassent. Il arbore son air renfrogné habituel, celui qu'il nous réserve quand il est soucieux ou en colère. Je ne sais trop quoi lui dire et je choisis de changer de sujet en abordant la question de la fameuse lettre arrivée de France la semaine dernière.

— Francis, as-tu lu la lettre?

— Maman t'en parlera à son retour, répond-il, le regard toujours aussi ténébreux.

— Ça concernait mon adoption ou mes parents… C'est peut-être important.

Il m'interrompt, impatient:

— Pour le moment, ce qui est important, c'est la santé d'Aurélie et celle de notre enfant.

Et là, je ne peux m'empêcher d'exploser et de lui lancer à la figure tout ce qui me pèse depuis quelque temps. J'essaie de garder mon calme malgré tout. Les regards des autres patients sont tournés vers nous et je suis certaine que plusieurs écoutent notre conversation.

— On sait bien, Francis, qu'il n'y a que ça d'important. Depuis qu'Aurélie a emménagé avec toi, on n'existe plus, maman et moi. T'es toujours avec elle.

— C'est normal, c'est ma blonde et je l'aime, figure-toi…

— Oui, mais nous aussi, on est là. Avant, tu assistais toujours à mes compétitions, par exemple. Aujourd'hui, tu ne veux même pas savoir ce qui m'est arrivé à l'aréna… C'est grave pourtant.

— C'est possible, mais je n'ai pas la tête à ça. On en parlera plus tard.

— T'as qu'à faire un effort. Je fais bien un effort, moi, en venant m'asseoir ici dans cette salle d'attente minable!

— T'avais qu'à pas venir si ça ne fait pas ton affaire.

Là, vraiment, il exagère. Je me lève, bien décidée à suivre son conseil et à le planter là.

— Dans ce cas, bonjour! Et bonne chance avec vos foutus problèmes de femme enceinte. Je vais aller montrer mes patins aux policiers. Ils me diront sûrement quoi faire, eux.

Je tourne les talons et me retrouve à l'extérieur avant qu'il ait pu réagir. Je me dirige vers l'abribus en me sentant toutefois assez moche. Après quelques minutes d'attente, je me sens sincèrement très moche. Comment ai-je pu dire de pareilles horreurs à Francis alors qu'il est si désemparé. Ce n'est pas le temps de l'invectiver ainsi alors qu'il a des soucis pas mal plus graves que mon histoire de lames. Et puis Aurélie a beau être enceinte depuis quelques mois seulement, c'est quand même de leur bébé dont il s'agit.

J'arrive chez moi après quarante-cinq minutes d'autobus. Le petit œil noir et perçant de Zéphir m'observe à travers les barreaux.

— Tchiiip! émet l'oiseau en picotant son petit miroir de plastique.

— Tu t'ennuies? dis-je en ouvrant la porte grillagée. Ça tombe bien, moi aussi.

L'oiseau se perche sur ma main. Tout va mal cette semaine. Je me remets à penser à cette pauvre Aurélie, allongée dans le corridor d'hôpital et pour la première fois, je ressens de l'inquiétude pour son bébé. Et j'ai honte d'avoir pensé ainsi. Quand je songe que, tout à fait égoïstement, j'ai souhaité que ce bébé ne vienne pas au monde. Et voilà que maintenant, il risque de ne jamais voir le jour… pour vrai.

Prestement, je remets le volatile dans sa cage, me précipite vers ma chambre pour me vautrer sur mon édredon, enfouir mon visage dans l'oreiller et me cacher de moi-même. J'ai sûrement fait beaucoup de peine à Francis en traitant la grossesse d'Aurélie avec tant de désinvolture. Lui qui a toujours été si gentil avec moi. Lui qui a convaincu sa mère de venir me chercher en France… et qui s'est toujours occupé de moi. J'espère de tout cœur qu'elle ne le perdra pas, son bébé. Après tout, c'est le petit de Francis qu'elle porte… et qu'elle aime déjà.

Je reste étendue ainsi en attendant que l'ombre du temps qui passe envahisse ma chambre et me conduise vers l'amnésie bienheureuse que procure le sommeil.

Soudainement, le cadran lumineux de mon radio-réveil me jette l'heure au visage. 23 h 55. Ce sont les pas dans l'escalier de l'appartement du dessus qui m'ont réveillée. Francis, sans doute, qui revient de l'hôpital. Je me lève, enfile ma robe de chambre et emprunte l'escalier à mon tour. De toute façon, comment dormir sans savoir exactement ce qui se passe ? Aussi bien tenir un peu compagnie à mon grand frère qui ne doit pas en mener bien large. Je le trouve écrasé sur le sofa du salon. Il n'a même pas pris la peine d'allumer la lumière ni de fermer sa porte à clé.

— Et alors ? demandé-je en m'assoyant à côté de lui.

— Fausse couche, répond-il en un soupir. Ils n'ont rien pu faire.

— Je suis désolée, dis-je en embrassant sa joue râpeuse. Vraiment. Et puis, je m'excuse aussi pour ce que j'ai dit à l'hôpital.

— Pas grave…

— Et Aurélie ?

— Ça va… enfin, compte tenu des circonstances. Elle est forte, cette fille. Je t'ai déjà raconté la fois où elle a passé une partie de

39

la nuit couchée avec un serpent venimeux dans son sac de couchage?

— Mais oui, Francis, dis-je. Des dizaines de fois!

Je me blottis contre mon frère. C'est lui qui a de la peine et c'est pourtant moi qui cherche du réconfort. J'ajoute:

— T'as de la peine?

— C'est sûr... J'avais déjà fait des plans pour le bébé, pour la chambre... Ils ont dit qu'il s'agissait d'une fille. Ils pensent qu'elle avait peut-être une malformation ou un problème quelconque.

— Vous allez en avoir un autre bébé, Francis. Ça arrive souvent des fausses couches, paraît-il.

— Je sais. Mais, c'est pas évident quand ça t'arrive à toi, répond-il en soupirant.

Il demeure silencieux pendant de longues minutes. Je me sens bien, la tête appuyée sur son épaule accueillante. J'ai l'impression d'avoir retrouvé mon grand frère. De ne l'avoir que pour moi, sans devoir le partager avec qui que ce soit.

Au moment où j'allais m'endormir, il me questionne au sujet de ma compétition.

— Et ton solo? T'as terminé à quel rang finalement?

— Je ne sais pas... je suis partie avant la fin, dis-je d'une voix endormie.

— Comment… tu ne sais même pas si tu te classes pour la finale?

Je trouve que le moment est mal choisi pour l'embêter avec l'histoire des lames, je raconte plutôt que j'ai mal patiné et raté des sauts importants. J'ajoute:

— De toute façon, ce n'est pas si grave que ça. Comme dit toujours Sandrine: « Il y a des choses pires que cela dans la vie! »

— À propos de Sandrine, elle a téléphoné sur mon cellulaire cet après-midi. Elle te cherchait. As-tu pris tes messages en arrivant?

— Non, dis-je soudainement réveillée. Qu'est-ce qu'elle voulait?

— Je ne sais pas. Elle souhaite que tu la rappelles le plus vite possible. Une affaire urgente, a-t-elle seulement mentionné.

— Urgent?

Je me dresse sur mon séant, piquée par la curiosité. Plutôt intriguée, je décide d'aller me coucher dans mon lit non sans avoir étreint Francis longuement.

4

Bingo

Le téléphone me réveille, insistant. Il est à peine 8 h, et c'est dimanche matin. Aussi bien dire que pour moi, c'est le milieu de la nuit! Je réponds, espérant entendre la voix de ma meilleure amie.

— Rosalie? C'est moi. Je te réveille?

— Oui, mais ce n'est pas grave, dis-je en essayant de retrouver mes esprits. Qu'est-ce qui se passe?

— Bien voilà. Imagine-toi que Bingo veut avoir ton numéro de téléphone.

— Qui?

— Bingo, l'ami de mon cousin. Le gars qu'on a croisé hier en quittant l'aréna.

L'épisode à l'hôpital, puis la mauvaise nouvelle concernant le bébé d'Aurélie m'ont fait oublier complètement ce type qui m'a complimentée la veille. Pourtant, je ne le trouvais pas si mal avec son regard fier et son attitude désinvolte.

Comme je ne réagis toujours pas, ma copine insiste :

— Tu n'as pas oublié Bingo, quand même ?

— Il s'appelle Bingo ?

— C'est un surnom, tout le monde l'appelle ainsi. Alors, je le lui donne ?

— Quoi donc ?

— Ton numéro ! Voyons, Rosalie, es-tu sûre que tu es réveillée ? vérifie-t-elle devant ma lenteur à réagir.

— Excuse-moi. Je me suis endormie tard hier. Aurélie a fait une fausse couche.

— Dommage, la pauvre. Au fond, ça doit faire ton affaire, pas vrai ? T'en voulais pas de p'tit monstre dans ta famille, non ?

— Bien, justement, je m'étais habituée à l'idée. Je me sens coupable d'avoir pensé comme ça. Après tout, une naissance, c'est une bonne nouvelle. Et un bébé, c'est mignon d'habitude.

— Bon, tu as de la peine maintenant ?

— Oui, surtout pour Francis. Il est vraiment triste.

— Tu veux que je passe te voir ?

— D'accord, on déjeunera ensemble, dis-je avant de raccrocher.

Chère Sandrine, elle a compris que je me sens mal et veut venir me tenir compagnie. C'est précieux une amie comme elle. Pendant que je fais mon lit et ramasse le linge sale qui jonche la pièce, je repense à ce Bingo qui s'intéresse à moi. Qui sait? Il sera peut-être mon premier amour! Ça fait tellement de bien de savoir que quelqu'un m'a remarquée, enfin. J'ai toujours été convaincue qu'aucun jeune homme ne s'intéresserait à moi, à part Francis bien sûr.

Mais lui, ça ne compte pas. C'est mon frère, ou plutôt, comme mon frère, car je suis adoptée. En fait, Francis, pour moi, c'est comme un frère, mais en mieux. J'ai toujours été importante pour lui depuis ce jour d'été où il m'a sortie de mon trou d'eau.

Après l'accident, il venait me rendre visite presque chaque jour à l'hôpital. C'est le seul qui a pensé à me parler en espagnol. Tous les autres, les médecins et infirmières, me questionnaient en français. Inutile de dire que je ne voulais rien entendre de leur jargon. Mais Francis, lui, m'a comprise. Et c'est à lui seul que j'ai accepté de révéler mon prénom.

Rosa.

Ro-sa. C'est tout ce qui me reste de mon identité, de ma vie d'avant. Et quel prénom en plus ! Rosa. Pourquoi pas Tulipe ou Pétunia comme la tante d'Harry Potter ? Je porte le même prénom qu'une Mexicaine que Francis a aimée lorsqu'il était plus jeune. C'est très important pour lui, car il l'aimait beaucoup, sa Rosa. D'ailleurs, je me demande si ce n'est pas un peu à cause d'elle que Francis a insisté auprès de maman pour qu'elle m'adopte et me ramène avec eux au Québec. Heureusement, peu après mon arrivée, ils ont commencé à m'appeler Rosalie. Je préfère de beaucoup ce prénom qui évoque tout de même la reine des fleurs sans pour autant me jumeler à quelqu'un qui est mort il y a plus de dix ans et que je ne connais même pas.

Malgré le temps qui passe, je ne m'habitue pas à penser à ces cinq années de ma vie, les cinq premières, qui ont disparu à jamais de mon existence. Cinq années qui m'ont été volées, aspirées par ce trou d'eau boueuse qui a englouti non seulement le visage de mes parents, mais aussi les échos de ma petite enfance, jusqu'à ma date de naissance.

« Probablement quatre ans et demi, presque cinq », avait déclaré le pédiatre après l'étude de ma dentition et des radiographies. On a donc fixé ma date d'anniversaire approximativement début septembre, un peu comme quand on mène un chat errant chez un vétérinaire..

On me fête donc le 1er septembre. Mais, moi, chaque jour qui se présente, je me demande si ce n'est pas aujourd'hui mon véritable anniversaire.

Je ne sais pas si c'est à cause de la mort du bébé d'Aurélie, mais vraiment, j'ai le cafard ce matin. J'ai hâte que Sandrine fasse son apparition avec sa bonne humeur contagieuse. En attendant, le goût du jus d'orange me semble bien fade. Je repense à mes parents disparus. Le seul souvenir qu'il m'en reste, c'est une femme penchée sur moi, qui me tend une tablette de chocolat. Mais, l'image est floue. Son visage me semble désincarné, comme s'il s'agissait d'un dessin impressionniste en trois dimensions. Ou plutôt, d'un hologramme insaisissable.

C'est peut-être la même sorte d'image que Francis et Aurélie avaient en tête quand ils pensaient à leur enfant. Aujourd'hui, ces parents cherchent en leur cœur une image de leur bébé disparu pendant que vit en moi une enfant qui cherche à se rappeler le visage de ses parents inconnus.

Mis à part l'étrange souvenir d'une dame m'offrant une friandise, la seule chose qui me transporte dans le passé, c'est l'odeur particulière des stations-service. Chaque fois qu'on arrête faire le plein, je me porte volontaire pour actionner la pompe. Maman et Francis

47

pensent à tort que c'est pour me rendre utile ; moi, j'aime bien sentir les relents pétroliers qui émanent du bec verseur. Il y a quelque chose de réconfortant à cette odeur pourtant nauséabonde. Lors d'un cours de littérature, la prof nous a raconté qu'un écrivain célèbre, Proust, adorait le parfum des madeleines, une pâtisserie qui lui rappelait son enfance. Moi, c'est l'odeur de l'essence qui me fait sentir toute petite.

L'arrivée de Sandrine met heureusement fin à ces divagations qui ont le don de me déprimer. Elle m'apporte des bagels chauds tout droit sortis du four de la boulangerie juive située au coin de la rue.

— Tiens, me dit-elle en déposant le sac de papier brun sur le comptoir. Rien de tel pour se remonter le moral.

Le parfum apaisant des petits pains au sésame chasse mes pensées sombres presque instantanément. Je mords dans l'un d'eux après avoir questionné ma copine.

— Alors, parle-moi un peu de ce Bingo.

— Je ne le connais pas vraiment. Je sais qu'il a 19 ans et qu'il conduit une super voiture de luxe. Il a été élevé entre New York et Montréal. Un peu comme Steve.

— Dix-neuf ans ! T'es sûre qu'il veut mon numéro ?

— Écoute, ça ne t'engage à rien. Et puis, si tu ne veux rien savoir de lui, c'est ton affaire. Il y a d'autres gars, tu sais. De plus, il est pas mal secret, Bingo. Je connais mieux Steve.

— Non, non, au contraire. Tu peux lui donner mon numéro de téléphone. On verra bien, dis-je avec un soupir.

— Comme ça, Aurélie a perdu son bébé? renchérit Sandrine.

— Oui. D'ailleurs, je crois qu'ils reviennent de l'hôpital, ajouté-je en entendant des pas dans l'escalier. Pauvre Francis!

— Pauvre Aurélie, surtout! C'est une expérience pénible, paraît-il, dit Sandrine en se versant du jus d'orange. Au fait, as-tu porté plainte pour tes patins?

— Porter plainte? À qui? Ils diront que j'ai inventé cette histoire pour expliquer mes chutes.

— Tu ne vas tout de même pas te laisser manipuler ainsi par tes adversaires sans dire un mot! Tu devrais écrire une lettre de plainte à l'association du patinage artistique.

— Bof! Pour ce que ça changerait. Je te parie qu'ils ne se donneraient même pas la peine de répondre.

La suggestion de Sandrine me rappelle la fameuse lettre reçue la semaine dernière, lettre à laquelle Francis n'a fait aucune allusion. Maintenant que la grossesse d'Aurélie a mal tourné, ce n'est pas le temps de lui reparler de ça. Par contre, Sandrine se trouve devant moi, toute disposée à m'écouter. Je décide de lui en glisser un mot.

— Parlant de lettre, j'en ai reçu une dernièrement. Des Services sociaux français.

— Et alors? Qu'est-ce qu'ils te veulent?

— Je ne sais pas. Je ne l'ai pas ouverte. Elle est adressée à maman.

— Alors, pourquoi dis-tu que cette lettre te concerne?

— Parce que c'est en France que j'ai été adoptée. Je suis sûre que ça concerne mon adoption. Je ne vois pas autre chose.

— C'est peut-être un quelconque document administratif inutile ou une banale lettre officielle. Ça t'intrigue?

— Oui, ou plutôt, ça m'inquiète!

— Mais pourquoi? Tu n'as rien à craindre, dit-elle en étalant une généreuse portion de beurre d'arachide sur son bagel.

J'hésite avant de répondre. Je ne suis pas certaine qu'elle comprenne l'angoisse que je ressens quand je pense que quelqu'un connaît peut-être mon existence et mon histoire. Et que cette personne veuille que je retourne en Europe pour y vivre auprès des miens, du moins ceux qui sont toujours vivants. Je ne pourrais supporter qu'on me déracine. Pas une seconde fois.

Par contre, le fait de ne pas connaître mes origines, de ne pas savoir de qui me viennent ces yeux noirs trop grands, ces cheveux foncés légèrement ondulés, que j'observe chaque matin dans le miroir, me hante de plus en plus.

Enfant, je ne me souciais guère de tout cela. J'étais heureuse simplement avec maman et Francis. Ils ne m'ont jamais rien caché, au contraire. À maintes reprises, j'ai regardé les photographies prises à Toulouse avant le grand départ alors que j'avais encore la jambe plâtrée. Cependant, jamais je ne posais de questions au sujet de mes parents. Jamais. Comme si tout cela ne me concernait pas. Le moment présent suffisait amplement à combler ma petite existence d'écolière. Jamais un regard sur le passé. Au contraire ! J'étais plutôt tournée vers l'avenir. Je voulais me marier avec Francis !

Mais voilà que depuis quelque temps, le mystère qui entoure mes origines m'intrigue de plus en plus. Je décide de m'ouvrir à Sandrine.

— Pour tout te dire, j'ai peur que quelqu'un de ma famille me recherche.

— Mais ça serait extraordinaire ! Peut-être qu'un de tes parents est encore en vie et veut te connaître !

— Justement, c'est ça le problème. Si tu savais à quel point j'aimerais connaître mes parents biologiques. C'est dur, tu sais, de ne rien savoir sur sa propre lignée. C'est déjà difficile de ne pas savoir où je vais, alors imagine-toi qu'en plus, je n'ai aucune idée d'où je viens.

Sandrine passe son bras autour de mon épaule et essaie de dédramatiser tout cela.

— Bien, justement Rosalie, peut-être que cette lettre répondra à toutes ces questions.

— Oui, mais ce qui m'inquiète, c'est qu'on m'oblige à retourner vivre là-bas avec des inconnus. Mes racines sont européennes, gitanes plus précisément, mais j'ai grandi ici avec maman et Francis. J'ai si peur qu'on me force à les quitter.

Je ressens une pression énorme dans le larynx. Mes yeux se gorgent de larmes que j'essaie vainement de contenir. Impossible. Elles inondent mes joues, se fraient un chemin le long de mon nez. Décontenancée, Sandrine reste muette. J'essuie mes larmes du revers de ma manche tandis que machinalement elle ramasse les tasses et les assiettes sales qui traînent sur la table. Elle finit par articuler gentiment :

— Tu sais bien que Francis ne laisserait personne t'imposer une telle chose, voyons !

— Tu penses ? dis-je en reniflant.

— C'est sûr, voyons. Et puis, pourquoi ne lui demandes-tu pas d'ouvrir la lettre? Il s'agit peut-être de toute autre chose.

— C'est vrai, dis-je après quelques secondes de réflexion. Je lui en parlerai dans quelques jours.

— Demande-lui conseil pour tes patins aussi, insiste-t-elle.

— Bof, tu sais… le patinage est le dernier de mes soucis, ces temps-ci. Qu'est-ce qu'on fait aujourd'hui?

○

Sandrine est restée un moment avec moi, puis est retournée chez elle. Elle chante à l'église tous les dimanches matin. Quant à moi, armée de ma télécommande, je m'installe sur le canapé, bien décidée à tuer le temps. Le téléphone sonne alors que je cherche désespérément une émission convenable à la télé. À part un reportage déprimant sur la disparition quotidienne de centaines d'hectares de la forêt amazonienne, il n'y a rien d'intéressant. Je me précipite donc avec soulagement sur cet objet indispensable qui me relie au reste de l'univers.

— Allô.

Une voix grave demande:

— Est-ce que je peux parler à Rosalie?

Je suis certaine qu'il s'agit du garçon de l'aréna… Mon cœur accélère et ma bouche devient sèche. Je me mets à tortiller une mèche de cheveux entre mon pouce et mon index. Il m'appelle, vraiment! Je réponds en essayant de garder mon calme.

— C'est moi.

— Salut. C'est Bingo. On s'est vus à l'aréna samedi.

— Oui, je me rappelle.

— J'aimerais aller au cinéma. Es-tu libre ce soir?

— Euh, oui, je pense. À quelle heure?

— Je passe te prendre vers 18 h. Ensuite, on ira au restaurant, d'accord?

— Euh, oui. Mais je dois d'abord en parler à mon frère. Tu vois, ma mère n'est pas là.

— Comme tu veux. Rappelle-moi ensuite pour me laisser ton adresse.

— Euh, d'accord, bye.

Après avoir noté son numéro de téléphone, je raccroche, complètement estomaquée. D'abord, un gars, beau de surcroît, me téléphone. Ensuite, il m'invite au cinéma puis au resto, tout cela en voiture sport! Wow!

5

Magyarposta

Il est déjà 17 heures. Je n'ai pas une minute à perdre si je veux être prête à temps. Je saute dans la douche, puis entreprends de sécher mes cheveux. Ça prend une éternité car ils ondulent, mais jamais du bon côté. Quand je les laisse aller, ils ressemblent à des anguilles essayant de s'échapper d'un filet de pêche. Une véritable tête de gorgone ! Alors, ça prend toute une technique pour les assagir.

Une fois habillée et maquillée, je me précipite chez Francis. Je le trouve en train de faire cuire des pâtes. Aurélie est étendue sur le divan du salon et feuillette un magazine *Géo*.

— Tu viens souper ? T'aurais dû le dire avant, j'aurais mis plus de spaghettis, dit-il en remuant les pâtes qui commencent à ramollir au contact de l'eau bouillante.

— Non, merci. Je m'en vais au cinéma et ensuite au resto.

— Avec Sandrine?

— Non, avec un gars.

Il cesse immédiatement de s'occuper de ses pâtes et se tourne vers moi.

— Un gars? Quel gars?

— Euh, c'est un ami du cousin de Sandrine.

— Tu le connais? demande-t-il d'un air soupçonneux.

— Si. Je l'ai vu à l'aréna après ma compétition.

— Il fait du patin?

J'éclate de rire. J'imagine mal Bingo en train de pratiquer quelque sport que ce soit.

— Bien non, voyons!

— Et il s'appelle comment, ce mec?

— Euh... Bingo... Je ne sais pas son nom de famille... Il (*j'hésite*)... il a 19 ans et vient me chercher en voiture. Voilà.

Francis tient sa cuillère de bois d'une main et martèle l'autre avec l'extrémité de l'ustensile. Il n'a vraiment pas l'air enchanté de ce que je lui raconte.

— Eh bien, tu vas le rappeler et lui dire que tu ne vas nulle part ce soir.

Là, je n'arrive pas à en croire mes oreilles!
Il refuse! Comme ça, sans raison! Avant de
me mettre à tout casser, j'essaie de garder
mon calme. Aurélie apparaît à ce moment
sur le seuil de la cuisine. Je plonge dans les
yeux de mon frère mon regard le plus
menaçant et, les poings sur les hanches, je
lui demande:

— Et pourquoi cela, môssieur le général
Alcatraz?

— Parce qu'il n'est pas question qu'une
fille de quinze ans sorte avec un type de cet
âge. Tu le connais à peine, on ne sait pas
d'où il sort, ni d'où il vient, et puis c'est moi
qui décide.

— Ah, parce que tu vas me dire qu'à
15 ans tu passais tes soirées à regarder la
télé, assis bien sagement avec maman?

— Moi, ce n'est pas pareil... Je suis un
gars. Et c'est justement en toute connaissance
de cause que je ne veux pas que tu y ailles.
Je sais exactement ce qu'il veut, ce mec.

— Ah, bravo! Bel argument. Tu te méfies
des autres comme toi, c'est cela!

— Et... puis... tu as de l'école demain.
Tu restes ici, ça finit là.

Devant sa réaction, je ne peux m'empêcher de hausser le ton.

— Meeerde... Ce que tu peux être con,
parfois! Et sexiste en plus! Ce qui était bon

pour toi ne l'est pas pour moi. Tu ne le connais même pas, Bingo. Comment peux-tu le juger sans savoir ?

Aurélie décide d'intervenir pour calmer les esprits.

— Rosalie pourrait l'inviter ici, ou en bas en ta présence, Francis. Ainsi, tu pourrais te faire une idée. Il est peut-être très bien, ce type, après tout. Tu dois faire confiance à ta sœur, tout de même.

— J'ai promis à maman de veiller sur elle. Et voilà que mademoiselle en profite pour sortir avec le premier venu… Ça va être quoi, ensuite ? Tu vas te faire tatouer son nom sur une fesse ?

Je trouve l'idée d'Aurélie pas bête du tout. On pourrait louer un film après souper et le regarder tout le monde ensemble. Ensuite, on discuterait un peu et Francis s'apercevrait par lui-même que Bingo n'a aucune mauvaise intention.

— Bonne idée, le tatouage, je n'y avais pas pensé ! Imbécile ! Au lieu de dire n'importe quoi, on pourrait l'inviter comme le suggère Aurélie.

Il hésite quelques secondes puis finit par acquiescer.

— D'accord, vers sept heures. Il faut qu'on mange avant. Et puis, je descendrai seul. Aurélie a besoin de se reposer, ce soir, ajoute-t-il en retournant à ses chaudrons.

— Il est mieux de savoir où il s'en va, ce Banco à la con, vocifère-t-il en ajoutant des spaghettis.

— Pas Banco, Bingo, rectifie Aurélie, amusée par la situation.

— Bingo! Tu parles d'un nom. Pourquoi pas Monopoly ou Domino? baragouine Francis en brassant la sauce. Non, Échec, c'est encore mieux. Je suis sûr que ça lui irait parfaitement, rajoute-t-il tout fier de son jeu de mots.

○

Bingo se pointe à l'heure prévue. Il stationne derrière la camionnette de Francis une rutilante Lexus noire aux enjoliveurs chromés. Il monte les marches en faisant sauter son trousseau de clés dans sa main et sonne à la porte. Je compte jusqu'à dix avant d'ouvrir pour qu'il ne se doute pas que je le surveillais par la fenêtre du salon.

— Entre, lui dis-je, un peu gênée.

— Salut, me dit-il en passant ses doigts le long d'une mèche de mes cheveux.

Il rajoute presque aussitôt, d'un ton sarcastique:

— Comme ça, c'est ton frère qui te garde ce soir? C'est à lui la ferraille rouge devant l'entrée?

Évidemment, Francis a tout entendu. Comme entrée en matière, c'est plutôt boiteux. Il va falloir que je réussisse à trouver un terrain neutre qui conviendrait aux deux… Sinon, je sens qu'il va y avoir des étincelles…

Après avoir fait les présentations d'usage, j'invite Bingo à passer au salon. Très à l'aise, il s'installe à la meilleure place et plonge sa main dans le bol de maïs soufflé. Puis, il me demande :

— Alors, Rosalie, quel film as-tu loué ? *Il était une fois au Mexique*? suggère-t-il, narquois, en faisant allusion à Francis, toujours debout derrière le canapé.

— Non. *Les sous-doués en vacances*! répond Francis avant que j'aie pu articuler quoi que ce soit.

○

La soirée s'est somme toute assez bien déroulée malgré les dérapages du départ. Francis a réussi à contenir son aversion naturelle pour Bingo. Quant à ce dernier, il a affiché toute la soirée une désinvolture marquée comme s'il cherchait à compenser un manque de confiance en lui. Son cellulaire a sonné au moins trois fois avant qu'il ne se décide à le fermer. Dès que le film a pris fin, il m'a annoncé qu'il devait partir ayant d'autres engagements. Ce à quoi Francis a ajouté :

— Ça tombe bien puisque Rosalie a de l'école demain matin et, de plus, elle patine toute la soirée.

Bingo a donc quitté les lieux de ce pas nonchalant typique aux jeunes noirs qui veulent se donner un genre détendu.

En descendant les marches, il m'a fait signe de la main qu'il me rappellerait. Quant à Francis, il ne l'a pas salué. Disons que mon nouvel ami n'a pas gagné tellement de points lors de cette soirée...

Je mets ça sur le compte de la rivalité entre hommes. Par contre, je remarque que depuis que Bingo est dans le décor, Francis semble se préoccuper davantage de moi, il a même pensé à ma pratique de patin !

Bref, je ne peux pas dire que je suis déjà amoureuse, mais au moins quelqu'un s'intéresse enfin à moi et ça met un peu de couleur dans ma vie, sans vouloir faire de mauvaise blague !

○

Vingt-deuxième ! J'ai terminé vingt-deuxième lors de cette satanée compétition. Le malaise est palpable dans la chambre des patineurs. Alors que je me prépare pour mon entraînement, toutes les filles me dévisagent sans trop savoir quoi dire… Les plus polies tentent un timide encouragement, dans le genre :

— Ça ira mieux la prochaine fois !

Ou encore plus hypocrite :

— C'était pas si mal pourtant… Je ne comprends pas !

Quant aux autres, elles préfèrent simplement se taire ou chuchoter derrière mon dos.

Ironiquement, ce soir, je réussis tous mes sauts sans difficulté. Je me surprends à espérer que Bingo soit là, m'observant derrière les baies vitrées. Ça me donne confiance de penser que je patine pour quelqu'un… Un peu comme quand Francis venait me voir. Mais ça, c'était avant qu'Aurélie emménage avec lui…

En sortant de l'aréna, je suis déçue de constater l'absence de Bingo et de ses copains. *Il a sans doute oublié que je patinais ce soir*, me dis-je en me dirigeant vers l'arrêt d'autobus. Sandrine n'est pas là non plus. Je devrais lui téléphoner… C'est toujours elle qui pense à moi en premier.

L'autobus se montre finalement le bout du nez et me dépose au coin de ma rue en un temps record à cette heure tardive. Je n'ai que quelques pas à faire pour me retrouver devant chez moi. Heureusement, car je transporte à la fois mon sac d'école et mon sac à patins, puisque je me rends à l'entraînement directement après mes cours.

En arrivant devant chez moi, je remarque une voiture grise, stationnée de l'autre côté de la rue. Je trouve ça étrange car les phares sont éteints, mais j'aperçois une silhouette à l'intérieur. On dirait une grande femme blonde. Sa présence est plutôt intrigante.

Tandis que je déverrouille la porte, je vois une grande enveloppe jaune dépassant de la boîte postale. Je reconnais aussitôt le sigle SSF au coin supérieur gauche.

Encore les Services sociaux français! *Vraiment, il se passe quelque chose de particulier*, me dis-je en déposant mes sacs dans l'entrée.

Interloquée, je retourne l'enveloppe pour me rendre compte qu'elle est partiellement décachetée. Comme la première, elle est adressée à maman… Cependant, cette ouverture dans le papier a quelque chose d'attrayant. Je perçois cette déchirure dans le rabat comme une invitation à jeter un coup d'œil à l'intérieur.

Sans plus attendre, j'y glisse mon index et déchire l'enveloppe. J'y trouve une seconde enveloppe, bien cachetée cette fois et adressée aux SSF. Un étrange timbre oblitère le coin droit : un champignon brun. Et c'est écrit *Magyarposta*. Qu'est-ce que ce charabia?

Une feuille blanche pliée en trois tombe aussi de la grande enveloppe. Il s'agit d'une courte lettre adressée à maman. Je me sens un peu indiscrète de lire ainsi son courrier, mais après tout je suis certaine que cette correspondance me concerne. Je lis :

Madame,

Nous vous envoyons sous pli une lettre qui nous est adressée concernant le dossier 2346-2. Étant donné l'ambiguïté particulière concernant le cas de votre fille adoptive, nous serons dans l'obligation de transmettre certains renseignements au sujet de votre cas au demandeur à moins qu'un juge d'instruction n'arrive d'ici la fin du mois courant à un verdict de confidentialité.

Veuillez agréer, Madame...

Je m'assois dans un fauteuil, le cœur battant et je me mets soudainement à regretter mon indiscrétion. Mes soupçons sont confirmés : ça concerne mon adoption. Sauf que je ne comprends pas ce que ces personnes veulent. Je ne sais même pas qui elles sont. Quels renseignements vont-elles divulguer et en quoi mon cas est-il ambigu ? Et puis, qu'y a-t-il dans l'enveloppe ornée du champignon ? Et dans l'autre lettre que Francis a en sa possession ? Toutes ces questions se bousculent dans ma tête. Machinalement, je pince mes cils entre mon pouce et mon index de façon à égrener le mascara. C'est mon nouveau tic nerveux. Quand je n'ai plus d'ongles à ronger, je me mets à décoller mes cils. Résultat, chaque fois, je réussis à en arracher deux ou trois. Je serais mieux de me calmer rapidement, car à ce rythme, d'ici quelques mois, je n'aurai plus rien à maquiller.

La maison est grande et silencieuse. Si au moins maman était là ! Tant pis, je vais en discuter avec Francis. Je vais lui montrer la lettre, puis nous ouvrirons la première enveloppe. Je dois tirer tout cela au clair.

Je retourne donc à l'extérieur et sonne chez mon frère. Malgré l'obscurité, je remarque le même véhicule que tout à l'heure, toujours stationné en face. C'est peut-être mon imagination, mais j'ai l'impression que la personne assise au volant m'observe, le regard à moitié voilé par un chapeau à large bord. Impatiente, j'actionne à nouveau le bouton de la sonnette. J'entends avec soulagement le bruit familier me permettant d'ouvrir la porte qui donne sur l'escalier du second étage. Francis m'attend, tout en haut. Je monte alors qu'il s'adresse à moi :

— Rosalie ! Justement, je voulais aller te chercher à l'aréna, mais j'ai dû rester avec

Aurélie. C'est étrange, elle a encore des nausées et...

Je l'interromps avant qu'il ne se lance dans une analyse détaillée des bobos de sa copine.

— Dis-moi, Francis, c'est quoi *Magyar-posta*?

6

Laszlo Horvath

— **M**agyar… posta, répète-t-il avec difficulté. Aucune idée. Où as-tu pris ça ?

Je m'installe dans un fauteuil, bien décidée à obtenir des réponses à mes questions.

— Dans une lettre, une deuxième envoyée par les Services sociaux français.

— Tu l'as ouverte ?

— Bien, disons que la colle française m'a facilité les choses… Elle était à demi décachetée.

Je lui tends la feuille et avant qu'il ne termine sa lecture, je lui demande :

— Qu'est-ce qu'il y a d'ambigu avec mon cas ? Mes parents sont morts, non ? Et maman m'a adoptée ?

Francis détache son regard du texte et hésite brièvement avant de répondre. Il s'assoit, prend une bonne respiration, puis me dit :

— Écoute, Rosalie, je préfère que maman t'explique tout ça. Attends donc qu'elle revienne, d'accord ? Et puis, comment t'es-tu débrouillée au patin ce soir ?

Il me dévisage de ses yeux sombres et arbore un sourire faux qui camoufle mal son embarras. Je n'en crois pas mes oreilles ! Je le questionne sur les circonstances de mon adoption, de cet événement crucial qui a changé mon existence du tout au tout… et au lieu d'apaiser mon inquiétude, il me parle de patin !!!

Non, mais quel discernement ! Quel art de donner de l'importance aux choses fondamentales !

Je suis tellement sidérée par l'absurdité de son attitude qu'il me faut plusieurs secondes avant d'articuler :

— Quoi ? Attendre maman ? Je veux que tu m'expliques ce que tout cela signifie, je veux comprendre ce qui m'arrive et toi, pendant ce temps, tu te préoccupes soudainement de mes activités sportives ! Non, mais tu te fous de moi !

— Voyons, Rosalie, ne te fâche pas. Je n'ai pas le goût de me lancer dans des explications compliquées. Je déteste ça, tu le sais pourtant !

— Et moi, je déteste qu'on me cache des choses, surtout quand elles me concernent.

Francis me tourne le dos pour fouiller dans le réfrigérateur. Il revient avec deux verres de limonade. Il m'en tend un et me fait signe de venir m'asseoir à ses côtés.

Devant le canapé, sur la table à café, se trouve une pile de revues. Il soulève les magazines et prend une enveloppe blanche qui était cachée dessous. Je reconnais le premier envoi, reçu il y a quinze jours. Mon frère retourne l'enveloppe plusieurs fois entre ses mains. Son regard est obscur. Il fixe droit devant lui sans pourtant regarder quoi que ce soit. Puis, après avoir avalé une lampée de limonade, il se tourne vers moi et me dit :

— On ne sait pas si tes parents sont vraiment morts, Rosalie. On n'a retrouvé personne près de toi et personne n'a déclaré ta disparition. Le juge a quand même autorisé l'adoption malgré ces circonstances particulières.

Cette nouvelle me plonge dans un désarroi que je n'aurais pu anticiper. Depuis que je suis toute petite, je suis convaincue que mes deux parents biologiques sont morts lors d'un glissement de terrain, dans les Pyrénées françaises. J'avais à peine cinq ans lorsque l'accident s'est produit. J'ai d'ailleurs bien failli y périr moi aussi lorsque je me suis retrouvée coincée dans un trou qui se remplissait d'eau à vue d'œil. Je n'ai heureusement que de vagues souvenirs de cet épisode.

En fait, je ne sais trop si je me rappelle l'événement lui-même ou plutôt si c'est la version qui m'a été maintes fois racontée par mon frère dont je me souviens. À partir des détails qu'il m'a donnés, je me suis forgé un scénario tout à fait crédible et imagé dans ma tête.

Par contre, je me rappelle très bien l'hôpital et tous ces gens qui me harcelaient de questions en français alors que je ne comprenais rien. Seul Francis a su me sortir de cet isolement terrible en m'adressant la parole en espagnol. Je l'aimais tellement, Francis. Je le trouvais beau, grand et fort. Lui seul me procurait un sentiment de sécurité parmi tous ces inconnus qui s'occupaient de moi.

Ça m'a pris beaucoup de temps avant de réaliser que jamais plus je ne reverrais ma famille.

Je me rappelle que j'attendais impatiemment que quelqu'un vienne enfin me chercher. Par contre, tous les autres souvenirs de cette époque sont très flous, déformés par cette lentille translucide qui masque mon passé.

Impitoyable, cette lunette aux verres opacifiants fait disparaître au gré de sa cruauté des moments précieux qui jalonnent notre existence. Peu à peu, ma petite enfance s'est éclipsée pour finalement disparaître, dissimulée complètement par cette tragédie.

Et c'est ainsi que j'ai oublié mon vrai nom de famille, ma date de naissance et mon pays d'origine. Même si j'y pense souvent, j'essaie de me convaincre que ce ne sont que des détails qui ne m'empêchent pas de vivre, de me construire un avenir intéressant malgré qu'on m'ait volé mon passé. Mais c'est difficile d'envisager le futur quand on ne sait trop d'où on vient.

Ce que je n'arrive pas à digérer, cependant, c'est que le passage du temps m'ait dérobé presque tout souvenir de ma famille. J'essaie parfois de me raccrocher à une musique aux accords espagnols ou à un parfum de paella. Résultat ? Nul. Impossible de revoir le regard de maman ou de sentir le réconfort de l'épaule de papa. Pas moyen de me rappeler un frère ou une sœur. Rien. Seul un terrible néant meuble ma mémoire.

Heureusement, pendant toutes ces années, maman et Francis m'ont épaulée et m'ont donné autant d'amour qu'il est possible d'imaginer. Maman a pris soin de moi comme d'un cadeau précieux que la vie lui aurait fait. Bref, je me suis vite habituée à ma nouvelle famille, à mon nouveau pays, à ma nouvelle vie quoi.

En fait, je suis née à cinq ans. C'est ce dont l'album de photos témoigne en tout cas. Je suis née à cinq ans, toute mouillée, tel un nouveau-né au bord de l'asphyxie. Je suis née des entrailles de la terre, d'une matrice vaseuse qui hésitait à me laisser voir le jour. Et voilà que Francis m'apprend aujourd'hui que j'appartiens peut-être à une autre famille dont je n'ai aucun souvenir et envers laquelle je n'ai aucun attachement.

Francis me dit gentiment :

— Inutile de t'inquiéter tout de suite. La lettre nous informe simplement que quelqu'un a déposé une demande aux SSF.

Je prends une gorgée de limonade et demande :

— De qui s'agit-il ?

— Je ne sais pas. Ils sont toujours très discrets. La lettre ne divulguait rien.

— Regarde, une autre est arrivée aujourd'hui, dis-je. Elle contient une enveloppe qui vient de je ne sais où, mais pas d'Espagne en tout cas.

Au moment où je tends à Francis les lettres que j'ai reçues, Aurélie fait irruption dans la pièce en s'excusant.

— Je ne veux pas me mêler de vos affaires personnelles, mais j'ai entendu votre conversation et...

Francis l'interrompt en lui tendant l'enveloppe ornée du timbre au champignon.

— As-tu une idée d'où ça peut provenir ?

Elle pose son regard sur l'enveloppe et répond aussitôt :

— De Hongrie.

Je lui arrache l'enveloppe des mains en répétant :

— De Hongrie ?

— Mais si, *Magyarposta* ça veut dire la poste des Hongrois. *Magyarorszag* veut dire Hongrie.

Sans attendre la réaction de mon frère, je décide d'ouvrir cette lettre qui vient d'Europe de l'Est. Je suis de plus en plus intriguée par toute cette histoire. En quelques minutes seulement, j'ai appris que mes parents ne sont peut-être pas morts, que quelqu'un veut prendre contact avec moi et que cette personne écrit d'un pays minuscule dont je n'ai à peu près jamais entendu parler.

— Mais quel rapport peut-il bien y avoir entre la Hongrie et moi ? demandé-je, intriguée, en dépliant la missive.

Aurélie m'explique, trop contente de se joindre à la conversation :

— Il y a beaucoup de gitans en Europe de l'Est. Ces gens ne connaissent pas vraiment les frontières, il n'est donc pas surprenant que certains membres de ta famille habitent la Hongrie.

La lettre venue de Hongrie est rédigée en un charabia incompréhensible. J'arrive toutefois à deviner qu'elle a été écrite il y a presque deux mois. Elle porte la signature d'un dénommé Laszlo Horvath.

Horvath. Je me répète ce nom dans ma tête, essayant de reconnaître un son, une syllabe. Rien à faire. Ça ne me dit absolument rien. Tant pis ! *J'en ai assez appris pour ce soir*, me dis-je en repliant tous ces papiers. Je prends congé de mon frère et de sa blonde qui repart se coucher, s'excusant de ne pas se sentir très bien.

Francis me souhaite une bonne nuit en essayant de se faire rassurant :

— T'inquiète pas, petite sœur, personne ne viendra te chercher de quelque pays que ce soit. C'est ici, avec nous, que tu vis maintenant et personne ne pourra rien changer à cela, d'accord ?

Il essaie de se faire rassurant et pourtant, je reste convaincue qu'il y a anguille sous roche. Pourquoi, après dix ans de silence total, des membres de ma famille européenne refont-ils surface ?

Je ressasse toutes ces questions en descendant l'escalier. À mon grand soulagement, je vois que la voiture grise n'est plus là. J'aurais dû en glisser un mot à Francis, mais avec toute cette histoire de courrier, ça m'est sorti de l'idée. Je cherche à déverrouiller la porte d'entrée, mais la serrure résiste. J'y arrive enfin, au tintement insistant de la sonnerie du téléphone.

Je décroche trop tard en me disant que ça devait être Bingo qui essayait de me rejoindre à cette heure tardive. Le répondeur confirme mes doutes. Son message me laisse perplexe.

— Rosalie, mais où es-tu donc? Ça fait trois fois que je t'appelle. Je vais te chercher et on s'en va au casino.

7

Le Casino

Au casino? À 11 heures du soir! Je ne peux pas aller là-bas, je n'ai que quinze ans… Ils ne me laisseront jamais entrer… Et puis, qu'irais-je faire à cet endroit, je n'ai pas d'argent à gaspiller.

J'ai à peine le temps de réfléchir à tout cela que j'entends la voiture de Bingo arriver. Disons que c'est plutôt la musique assourdissante émanant des vitres baissées de son auto qui parvient à mes oreilles. Il stationne rapidement et sort de la voiture en laissant le moteur tourner.

Je me précipite pour ouvrir la porte avant qu'il ne réveille tout le quartier avec son ramdam.

— T'es pas prête ? me demande-t-il en me voyant vêtue d'un survêtement sport.

— Salut, dis-je en essayant désespérément de lisser mes cheveux ébouriffés. Tu, tu devrais éteindre ton moteur. Je, j'arrive de chez Francis... Tu veux boire quelque chose ?

— J'ai tout ce qu'il faut dans mon auto pour passer une superbe soirée, et même une nuit mémorable, répond-il en se penchant vers moi pour m'embrasser.

C'est là que je me rends compte qu'il a sûrement consommé quelque chose. Il me regarde d'un air bizarre et cligne des yeux comme s'il n'arrivait pas à faire le *focus*. Un sourire figé dévoile des dents superbes, plus blanches que blanches. Mais, ce rictus n'a rien de sincère. Une petite voix me souffle à l'oreille de faire preuve de prudence même si j'ai terriblement envie de passer la soirée avec ce beau gars. Je recule donc un peu et lui dis :

— Écoute, Bingo. Je ne peux pas aller au casino, je n'ai pas l'âge, je n'ai pas d'argent et puis je ne sais même pas jouer ! Pourquoi on ne reste pas ici, simplement ?

— Pour avoir ton frère comme chaperon, avec sa nana parisienne par-dessus le marché ! Va plutôt me chercher une photo.

— De qui ? dis-je intriguée.

— Ben, de toi! T'as pas hâte d'avoir 18 ans et de pouvoir sortir comme tout le monde?

— Oui, mais…

— Bon, apporte-moi une petite photo d'école, tu dois bien avoir ça!

Avant que j'aie le temps de répondre, il retourne à sa voiture. Le son du silence bourdonne à mes oreilles lorsqu'il éteint enfin sa chaîne stéréo. Malgré mes hésitations, je pense que ça sera amusant. Je fouille donc dans mon tiroir de bureau et mets la main sur une série de photos prises à l'école en début d'année. Ce sont de fort mauvais clichés, peu ressemblants mais qui devraient convenir.

Sur les entrefaites, Bingo est revenu et s'est installé sur la table de cuisine. Il est en train de brancher un appareil électrique.

— Qu'est-ce que c'est? dis-je en lui tendant les photos.

— T'inquiète pas. Choisis plutôt qui tu veux devenir.

Il sort de sa poche une pile de cartes d'identité qu'il étale devant moi en éventail.

— Allons, choisis, on n'a pas que ça à faire!

Je constate qu'il s'agit certainement de cartes volées et que, normalement, je devrais tout laisser tomber. Ma conscience me dit que Francis a sans doute raison de se méfier de Bingo et que je devrais peut-être mettre un terme à notre relation. Ce serait plus sage. Mais, justement, j'en ai marre d'être sage.

Paradoxalement, c'est le côté délinquant de Bingo qui m'attire. Je ne déteste pas me trouver associée de loin, mais associée quand même, à cet univers un peu trouble auquel Bingo et ses amis appartiennent. J'examine les cartes une à une et fixe finalement mon choix sur une belle brune souriante. Je lis :

— Alexandra Triconi. Une Italienne sans doute, me dis-je en tendant la carte à Bingo.

Il a déjà découpé une de mes photos et s'affaire à inciser la carte afin d'en retirer la surface plastifiée.

— Elle a dix-neuf ans. C'est parfait, dit-il en insérant la carte munie de ma photo dans sa machine à plastifier. Voilà mademoiselle Alexandra ! À partir d'aujourd'hui, votre nouvelle vie d'adulte commence. Va te changer, je t'attends sur le balcon, ajoute-t-il en repartant avec son bazar.

Ma nouvelle carte d'identité me fait un drôle d'effet. C'est bizarre de voir mon visage accolé au nom d'une étrangère née quatre ans avant moi. Tant pis. Je la glisse dans mon sac à main et me précipite dans ma chambre pour me trouver des vêtements convenables qui vont me donner un air plus vieux et plus *sexy*, pourquoi pas !

Rapidement, je maquille mes yeux, j'enduis mes lèvres d'une bonne couche de brillant. Satisfaite de mon image, je me précipite dehors en espérant que Francis ne se rende pas compte de mon escapade. Une chance que maman n'est pas là… Elle trouverait que ça sent le brûlé sur le balcon.

○

Nous sommes restés jusqu'à trois heures du matin. J'ai tout essayé. Les machines, bien sûr, mais aussi le black-jack, les dés et la roulette. C'est la roulette que je préfère, car ce n'est pas compliqué. On gagne souvent !

J'ai remporté 850 $ pendant la soirée, mais j'en ai perdu 1000… Mille dollars que Bingo avait sortis de sa poche. En billets bruns en plus. Bingo dit que ce n'est pas grave. Que 1000 dollars, c'est rien. Qu'il en gagne facilement le triple en une fin de semaine.

Au retour, dans la voiture, je lui ai demandé quel est son véritable nom. Il m'a répondu que cela n'a pas d'importance. « Quelle différence y a-t-il entre le vrai et le faux ? » m'a-t-il dit. La vie en soi n'est que du vrai et du faux. Comment savoir ? Alors, quelle importance, un nom, un surnom ou un pseudonyme ?

Et, en fait, qu'est-ce qu'un nom ? Un ramassis tout à fait arbitraire de lettres, rien de plus.

Et c'est ainsi que j'ai compris que Bingo ne me dirait jamais son vrai nom, ni d'ailleurs son adresse. Bref, je ne sais rien de lui à part le fait qu'il a beaucoup d'argent, qu'il sait s'amuser sans se prendre au sérieux et que je le trouve vraiment beau.

Et puis, il m'a embrassée dans l'auto. Wow ! Quel talent ! J'avais déjà embrassé un gars pour qui j'avais le béguin, le printemps dernier. C'était un joueur de hockey que je voyais à l'aréna. Un soir, nous nous étions achetés une frite que nous avions mangée à l'arrière du centre sportif. Nous étions assis en plein mois de mai sur un monticule de neige laissé là par la Zamboni. La neige mouillée transperçait nos jeans, mais nous avions du plaisir. Après la frite, nous nous sommes embrassés, ainsi, simplement, sans raison. Je ne l'ai jamais revu. Les horaires ont changé pour la saison estivale. Je n'ai jamais cherché à le retrouver et lui non plus, manifestement. Ce baiser, c'était pour essayer, pour voir... Un peu comme manger des frites assis dans la neige au mois de mai.

Mais, avec Bingo, c'était pour vrai. Pas juste pour voir. Et il embrasse tellement bien ! Il faudra que je raconte toute cette soirée à Sandrine. Je pense que je ne l'ai pas appelée depuis deux jours même si elle m'a laissé trois messages.

Mais je suis sûre qu'elle va comprendre et qu'elle ne m'en voudra pas. Je la verrai demain, à l'école. En attendant, je dois absolument m'endormir. Mais c'est difficile… Je sens encore la bouche de Bingo sur mes lèvres. Je ne veux pas que le sommeil vienne me voler ce chatouillement si irrésistible. Cependant, mes paupières se referment et font sombrer mes souvenirs dans l'obscurité la plus totale.

○

Dix heures trente-sept ! Merde de merde ! Je n'ai pas entendu le radio-réveil. J'ai déjà raté les deux premiers cours. Il faut que je me grouille, avant que l'école n'appelle et n'alerte tout le quartier.

Après une toilette rapide, je me précipite vers ma garde-robe et enfile n'importe quoi. Je ramasse à la hâte un bagel durci qui m'attendait au fond de son sac, dans la boîte à pain.

Quelle journée d'enfer ! D'abord, je bredouille des explications vagues à mon directeur pour justifier mon absence matinale.

— Une migraine, dis-je en un demi-mensonge.

— Et ça va déjà mieux? me demande M. Bigras d'un ton prouvant qu'il n'est pas dupe.

— Euh, oui, un peu...

— Ta mère revient quand, déjà? demande-t-il pour ajouter à mon malaise.

— Seulement cet été, mais mon frère est là, vous savez.

— Couche-toi tôt ce soir, dit-il en me tendant le bout de papier m'autorisant à entrer en classe.

Bon. La première étape est franchie. Il y en a qui ont l'habitude des retards. Ils sont si à l'aise avec leurs mensonges qu'ils y croient réellement. Mais, moi, je suis certaine que ça paraît quand je mens. C'est pour cette raison que je suis à mon affaire d'habitude. Ce n'est pas tellement par conviction personnelle, mais bien pour plaire à maman.

Elle n'était pas obligée de m'adopter. En fait, ce n'était pas du tout dans ses plans. Elle s'est laissée convaincre par Francis. Je suppose qu'il avait de bons arguments. Et puis, il paraît que j'étais très mignonne à l'époque. Et je devais faire pitié aussi, orpheline si jeune, la cheville blessée, ne parlant qu'espagnol.

J'ai réfléchi souvent à tout cela et je suis certaine que maman m'a adoptée par pitié. Elle n'avait pas vraiment le choix. Francis, avec son habileté coutumière, l'avait placée dans une situation impossible.

Comment aurait-elle pu me laisser là ? Je la connais, elle aurait eu des remords toute sa vie par la suite. Jamais plus elle n'aurait eu la conscience tranquille.

Maintenant, c'est moi qui n'ai pas la conscience en paix lorsque je mens ou que je réussis mal à l'école. Je veux toujours être à la hauteur, ne jamais décevoir maman ni Francis. Je ne voudrais pas leur faire regretter leur décision en leur causant des soucis… Mais, en réalité, de plus en plus, je lutte contre ma véritable personnalité que je ne veux plus refouler. Vais-je devoir me montrer docile et irréprochable toute ma vie alors qu'en moi il y a quelqu'un qui cherche désespérément à faire surface ? Quelqu'un que la liberté interpelle, quelqu'un qui cherche l'aventure et que la tranquille banalité de son quotidien commence à emmerder souverainement.

Sauf qu'on ne devient pas rebelle si facilement. En tous cas, pas moi. Après dix ans de bonnes notes, de comportement exemplaire, de médailles au patin, il m'est difficile de sortir de ce carcan d'irréprochabilité.

Mais, ce printemps, je sens que le « timing » est bon. D'abord, maman s'est expatriée dans sa patrie et Francis est centré sur le ventre de sa Française préférée. Et puis, Bingo est apparu juste au bon moment. Comme quand on joue et que l'annonceur crie tout juste le chiffre qui me manque pour compléter une ligne. Bingo !

J'entre en classe d'anglais. Avant d'arriver à mon pupitre, je me rends compte que j'ai laissé tous mes manuels, y compris le devoir, sur mon bureau dans ma chambre. À la vitesse à laquelle je suis partie, je n'ai pas pensé à ramasser mes livres. Et puis, j'ai aussi oublié mon costume d'éducation physique pour cet après-midi. J'espère que quelqu'un pourra m'en prêter un.

— *Your homework, please, Miss Rosalie.*

Bon, aucune chance qu'il oublie de me le demander.

— Euh. *I don't have it, sir. I'll bring it tomorrow…*

— *Tomorrow is too late ! You had two weeks to write this essay*, répond-il autoritaire. *You will lose 20 %.*

Merde ! Pas facile de devenir rebelle ! Et dire que je ne fais que commencer !

○

La journée est interminable. Je me traîne littéralement sur le terrain de soccer. De plus, le prof m'impose de jouer à l'avant ! Je suis si fatiguée que je me coucherais dans les pissenlits au beau milieu du terrain. J'aurais dû me servir du truc de Camille. Elle garde dans son casier un bandage qu'elle s'entortille autour du poignet ou de la cheville, prétextant une foulure. Ça marche à tout coup. Le prof est tellement naïf, ou bien il s'en fiche… Mais moi, j'y ai pensé trop tard. Au lieu d'emprunter un bandage, j'ai glané le short et le t-shirt de Justine.

Au moins, je m'encourage en pensant que je n'irai pas patiner après l'école. Je vais rentrer directement me coucher. De toute manière, plus personne ne vient me voir à l'aréna. De plus, je n'ai pas le goût que toute cette bande de petites hypocrites me voient rater mes sauts, car j'ai les jambes aussi molles que du jello chaud. Inutile de songer à réussir quoi que ce soit aujourd'hui.

La cloche sonne enfin. Cette journée pourtant amputée de deux cours m'a paru plus longue qu'une semaine complète de cours d'été. Même si je n'ai jamais eu de cours d'été. En descendant de l'autobus, je crois remarquer la voiture grise qui passait devant chez moi. Mais elle ne s'est pas arrêtée. Et puis, il y a des milliers de voitures de cette couleur. Je chasse cette pensée de ma tête et blâme mon imagination sans doute rendue trop fertile par tout ce qui m'arrive ces derniers temps.

J'arrive à la maison et me précipite sur mon lit où Cat, mon grand chat noir au chapeau rayé, m'attend patiemment comme toujours. Je l'étreins sur ma poitrine et ferme les yeux en m'imaginant enlacer mon beau Bingo. Je viens à peine de m'endormir que le téléphone sonne. Je réponds malgré mon état comateux, en espérant que ce soit lui.

J'entends la voix sonore de Francis qui me dit tout énervé :

— Rosalie ! Il faut absolument que tu montes avant d'aller à l'aréna. On a quelque chose à te dire !

8

Champollion

— **E**ncore enceinte déjà? dis-je perplexe.

— Pas déjà, explique Aurélie tout sourire, mais toujours!

Mon regard se pose en alternance sur Francis et Aurélie qui jubilent littéralement. Quant à moi, je n'ai plus sommeil du tout. Francis m'explique :

— Aurélie était enceinte de jumeaux. Elle en a perdu un, mais l'autre est toujours là, bien en vie. Aurélie a passé une échographie et on l'a très bien vu. C'est génial, non?

— Une chance qu'ils n'ont pas eu à faire de curetage après ma fausse couche! rajoute Aurélie. Ainsi, le second bébé a pu continuer sa croissance.

Je suis vraiment contente pour eux, vraiment. Et en plus, cette nouvelle m'apporte un soulagement bienvenu, car j'avais la pénible impression d'avoir été en quelque sorte l'artisane de cette fausse couche. Je sais bien que de façon tangible je n'avais rien à voir làdedans, mais dans mon fort intérieur, j'ai déjà pesté contre la venue au monde de ce bébé.

J'avais l'impression qu'il me volerait le peu qu'il me restait de Francis. Ce qui est fort égoïste de ma part. Puis, après la perte du bébé, j'ai eu honte de ma jalousie exagérée. Mais c'était trop tard pour regretter. Le mal était fait ! Et puis, qu'est-ce que la venue d'un innocent bébé aurait changé au fait que Francis est obnubilé par Aurélie ? Et qu'il ne s'occupe plus autant de moi ? Il est amoureux d'elle, c'est normal je suppose. Moi, je ne suis que sa sœur. Alors un bébé, ça va le rendre heureux et ça ne m'enlèvera rien, je suppose, ou du moins, je l'espère. Je les embrasse tous les deux.

— Je suis contente pour vous, vraiment, dis-je. Est-ce que vous connaissez le sexe du bébé ?

— Non, on n'a pas pu voir, répond Aurélie.

— Et toi, ça va ? demande Francis visiblement intrigué par mes traits tirés. Tu ne vas pas patiner ?

90

Évidemment, je ne souhaite pas qu'il sache que j'ai passé une bonne partie de la nuit avec Bingo à perdre de l'argent sale au casino où je suis entrée avec une carte falsifiée.

— Non, je suis fatiguée… Mal de tête et puis, je n'ai pas tellement le goût, à vrai dire, ai-je ajouté.

— C'est à cause des lettres, c'est ça qui te tracasse?

— Oui et non…

— Tu es gênée à cause de la dernière compétition, alors?

Je décide que le moment est venu de leur raconter pour les lames dévissées et l'attitude de mes pseudo-copines. Ils n'en croient pas leurs oreilles!

— Tu es certaine que ça ne peut pas être les vibrations qui ont desserré les vis? demande Aurélie, incrédule.

— Non, l'aiguiseur les vérifie chaque fois. Les vis tenaient à peine.

— As-tu des soupçons? demande Francis, choqué. Tu dois raconter cela, Rosalie. Des comportements pareils doivent être dénoncés.

— À qui? Tu veux que j'apporte mes patins au poste et que j'explique aux policiers que j'ai terminé 22e au lieu de finir avec une médaille autour du cou? Ils vont rire de moi.

— Et ton entraîneur, qu'est-ce qu'elle dit?

91

— Bof, laisse faire, Francis. Il y a des choses plus importantes que ça, dis-je en me levant. C'est juste que j'ai moins le goût d'aller patiner, c'est tout. Pour ce que ça change de toute manière.

Je suis redescendue m'étendre sur mon lit. Sur la table de chevet, la paperasse qui vient de France recommence à me hanter. J'avais réussi à penser un peu moins à tout cela grâce à ma sortie avec Bingo. Il n'en reste pas moins que cette histoire me stresse énormément. Ces lettres ont fait remonter à la surface un tas d'interrogations que j'avais réussi à mettre de côté jusqu'à présent. Mais là, ce n'est plus possible de faire semblant de rien. Je suis obnubilée par ce qui s'est passé pendant les cinq années qui ont précédé les événements de Vieille Aure, dans les Pyrénées.

La sonnerie du téléphone me fait sursauter encore une fois. C'est Sandrine au bout du fil, qui hurle dans le combiné pour enterrer la musique de fond.

— Rosalie ? Mais qu'est-ce que tu fais ? Tu n'es pas à l'aréna ?

Oh non ! Pour une fois que je décide de prendre congé, la pauvre s'est rendue à l'aréna inutilement. C'est ma faute aussi, je ne lui ai pas donné de nouvelles. Je n'ai même pas ouvert mon ordinateur ces derniers jours.

— Euh non… Je ne me sens pas bien. Excuse-moi Sandrine, je n'ai pas pensé que tu irais ce soir.

— Qu'est-ce qui ne va pas ? insiste-t-elle.

— Plein de choses… et puis je suis fatiguée.

— Reste chez toi, je saute dans l'autobus et j'arrive, dit-elle avant de raccrocher.

Chère Sandrine, c'est bien elle ! Non seulement je ne la rappelle pas, mais elle se rend pour rien à l'aréna et, de plus, se déplace jusqu'ici pour venir me voir ! Dire qu'il n'y a pas si longtemps, j'avais du mal à imaginer ma vie sans ma meilleure amie. Et voilà que c'est moi qui la néglige. Ce n'est pourtant pas ce qu'elle mérite. C'est une personne tellement extraordinaire, bourrée de talents.

D'abord, elle dessine divinement, son cahier est plein de croquis. Elle arrive même à faire des portraits. Et puis, elle a une voix extraordinaire. Elle est la soliste de la chorale gospel de son église. À la soirée méritas, l'année dernière, en interprétant *Amazing Grace*, elle a donné des frissons à toute l'assistance. En plus, elle a d'excellentes notes à l'école. Tous les profs l'aiment… Mais surtout, surtout, elle est super gentille, toujours prête à m'aider, à me rendre service.

Et moi, à la minute où je rencontre un gars, j'oublie de l'appeler et je ne pense pas même à clavarder.

Elle arrive environ vingt minutes plus tard, tout sourire. Avant même que j'aie eu le temps d'articuler quoi que ce soit, elle me dit :

— Allons, Rosalie, dis-moi ce qui ne va pas.

J'hésite avant de parler. Pas tellement que je n'ose me confier, mais plutôt parce que je ne sais par quel bout commencer. Elle a posé ses mains sur les miennes. Ses bagues dorées luisent d'un éclat particulier contrastant avec sa peau noire. Elle m'encourage par un « Allons, j'écoute » et elle plonge ses prunelles de jais dans les miennes. Finalement, je commence par ma nouvelle relation avec Bingo, les nouvelles pour le bébé de Francis, ma journée horrible à l'école. Je garde l'histoire des lettres pour la fin. Et là, toute l'inquiétude générée par cette histoire se transforme en un torrent de larmes que je n'arrive pas à contenir. On dirait que je ne fais que pleurer cette semaine. Sandrine me console comme elle le peut.

— Tu t'en fais peut-être pour rien. Qu'est-ce qu'elle dit, cette lettre ?

Pour toute réponse, je lui tends le texte, puis j'ajoute que c'est en hongrois, fort probablement.

— Tu devrais consulter un interprète. Il doit bien y avoir un Champollion quelconque à Montréal capable de déchiffrer ce texte, dit-elle en examinant ce charabia. En tout cas, il semble y avoir une adresse là, montre-t-elle du doigt. Pourquoi n'essaies-tu pas d'écrire ?

— Écrire comment ? En magyar ? Si quelqu'un là-bas connaissait une langue civilisée, il s'en serait servi pour écrire aux SSF, tu ne crois pas ? dis-je en reniflant. T'as raison, il faut trouver un interprète. Mais où ? Et combien ça va coûter ?

J'ai à peine terminé ma phrase que Sandrine saute sur mon téléphone en consultant son carnet d'adresses.

— Attends, j'ai une idée, dit-elle en signalant.

Elle parle quelques secondes avec quelqu'un et note une adresse sur un bout de papier. Puis, elle raccroche et me regarde, jubilant.

— Le voilà ton Champollion. Il habite à Anjou et nous attend demain après l'école ! explique-t-elle en brandissant le papier sous mon nez.

Ce n'est qu'après une seconde journée d'école interminable que nous nous rendons enfin chez l'interprète. Pendant le trajet en métro, Sandrine m'explique comment elle a réussi à dénicher ce type.

— Tu sais, le gars avec qui j'ai travaillé sur le projet en histoire?

— Peter?

— Oui, il faut dire Péterre. Eh bien, son père est hongrois!

— Comment le sais-tu?

— Il me l'a dit car il a choisi de raconter l'histoire d'Attila, le chef des Huns, pour le travail.

— Ah oui! Le Barbare invincible qui racontait que là où son cheval passait, l'herbe ne repoussait pas!

— Lui-même. Eh bien, j'ai appelé Peter et son père est d'accord pour traduire la lettre… gratuitement…

— Gratuitement?

— Bien oui. Tu sais, Peter m'en devait une. J'ai mis le travail au complet sur traitement de texte. Tu devrais voir la quantité de fautes qu'il fait… et en plus, son écriture est illisible.

Je suis contente. Enfin, j'ai le sentiment que quelqu'un s'occupe de moi et de mes affaires. J'ai hâte de savoir ce qu'il me veut, ce Laszlo Machin Chose…

○

Monsieur le Hongrois habite avec son épouse une coquette maison située au fond d'un cul-de-sac. Devant l'entrée, un pommetier énorme ploie sous ses rameaux lourds de couleur. Ça me fait penser que c'est bientôt l'anniversaire de maman. Elle est née le 17 mai et c'est toujours aux environs de cette date que les pommetiers se transforment en bouquets géants annonçant le printemps.

C'est Peter qui vient ouvrir. À peine après nous avoir présenté son père, il retourne au salon regarder la télé. Maintenant que ses travaux sont complétés, il ne se préoccupe plus guère de Sandrine. Moi, il ne me connaît pas.

Monsieur Csinger nous fait passer dans une petite pièce encombrée de livres, de journaux et de papiers de toutes sortes. Au fond de la pièce, son épouse est en train de peindre une nature morte. Celle-ci nous salue en s'excusant du désordre. Puis son mari s'adresse à nous dans un français impeccable, mais alourdi d'un fort accent.

— *Alorrrs*, mesdemoiselles… Peter m'a parlé d'une lettre à traduire ?

— Oui, voici, dis-je un peu intimidée. Je lui tends la missive.

Il jette un coup d'œil rapide, puis se met à traduire en cherchant parfois le mot juste :

Bonjour Madame,

Selon les renseignements que j'ai pu obtenir, il semble que vous ayez adopté un enfant, en France, il y a dix ans. La fillette avait été blessée lors d'un glissement de terrain.

J'aimerais bien avoir des nouvelles de vous car je crois qu'il s'agit de ma nièce. Mon frère habitait l'Espagne. L'enfant portait un chandail rayé bleu et blanc le jour de sa disparition.

Je regrette de ne pouvoir écrire dans votre langue. Cependant, vous pouvez me répondre en espagnol que je comprends un peu.

Monsieur Csinger termine en lisant la signature et l'adresse. Il m'explique que l'enveloppe provient d'un village situé à une centaine de kilomètres de Budapest, la capitale.

— Voilà, c'est tout, ajoute-t-il. Vous voulez que je vous mette ça par écrit?

— Non merci, ça va aller, dis-je un peu ébranlée.

— Merci beaucoup, ajoute Sandrine.

Puis, il nous raccompagne à la porte, en nous disant qu'il sera heureux de nous dépanner encore, si besoin est. Nous prenons congé rapidement, ayant hâte de nous retrouver seules.

J'aurais un oncle vivant en Hongrie? Et mon père? J'essaie de me rappeler les paroles exactes de l'interprète, car je ne suis plus certaine d'un détail pourtant crucial. Je m'adresse à Sandrine, silencieuse à mes côtés.

— A-t-il dit qu'il habitait l'Espagne?

— Oui, oui, il a bien dit en Espagne. Ça colle avec toi, non? C'est bien là d'où tu viens?

— Non, c'est pas ça. A-t-il dit *habitait* ou *habite*?

— Je ne sais pas. *Habitait,* je pense. Mais qu'est-ce que ça peut faire?

— Ça fait la différence entre avoir un père mort ou vivant, Sandy.

Je présume que Sandrine a saisi l'angoisse dans ma voix. Elle tâche de me rassurer.

— Au moins, tu sais qu'il ne veut pas te récupérer. Il n'en parle même pas! À mon avis, si ton père était vivant, il aurait cherché à te retrouver avant, non? Ou, à tout le moins, il aurait écrit lui-même.

— C'est vrai, dis-je peu convaincue. Mais, que veut-il alors si son intention n'est pas de me récupérer? Il cherche une correspondante à Montréal pour apprendre le français? Voyons, Sandrine, il n'y a pas de fumée sans feu, tu le sais bien.

Nous nous engouffrons dans la station de métro au moment où une rame entre en gare.

Nous parvenons à sauter dans la rame tout juste avant que les portes des wagons se referment. Tant mieux car j'ai hâte d'arriver à la maison pour questionner Francis. Comme pour essayer de dédramatiser le tout, Sandrine tente de changer de sujet.

— Es-tu prête pour demain?

— Qu'est-ce qu'il y a demain? demandé-je, subitement intriguée.

— La production écrite, en français. Tu n'as pas oublié, tout de même!

Meeerde… me dis-je en fermant les yeux. Encore une tuile. Mais quand donc aurai-je la paix!

— Non, Sandrine. Je n'ai pas ouvert mes documents. Je ne sais même pas quel est le sujet de cet examen.

Mon amie me regarde, les yeux écarquillés, comme si je lui avais montré ma carte de membre du Ku Klux Klan.

— Mais, c'est l'examen de fin d'année! Ça fait des heures que je passe à lire les documents préparatoires! Ta prof ne te l'a pas rappelé? Tu veux que je t'aide? On va regarder ça ensemble si tu veux.

Pauvre Sandrine, elle ne réalise pas à quel point l'école est devenue en quelques jours à des années-lumière de mes préoccupations.

Que je le veuille ou non, l'importance de cet examen a pris des proportions microscopiques par rapport à tout ce qui m'arrive.

— C'est trop tard, Sandrine. Je ferai mon possible et si ce n'est pas suffisant, eh bien, tant pis! Mais ce soir, c'est inutile, jamais je ne pourrai me concentrer sur quelque texte que ce soit.

— Comme tu veux, dit-elle en ramassant ses affaires. Dans ce cas, je descends ici, on arrive à ma station. Bye.

Les portes métalliques se referment sur mon amie qui disparaît dans le couloir désert à cette heure-ci. Je reste seule, égarée dans mes pensées.

Quelques minutes plus tard, je sors de la station de métro pour attendre l'autobus. Deux gars m'interpellent sur le trottoir, puis s'amusent à me suivre. Quand donc serai-je tranquille? Enfin, l'autobus arrive et je me dépêche à m'asseoir tout près du chauffeur. Quant aux deux insignifiants, ils restent sur le trottoir sans même faire attention à moi. Serais-je paranoïaque? J'ai souvent l'impression qu'on m'en veut ou qu'on me poursuit. Peut-être suis-je victime de mon imagination et que c'est l'absence de maman qui me rend plus insécure et que j'ai du mal à me l'avouer? Je ne sais trop.

J'arrive enfin à la maison et sonne directement chez Francis. Il ouvre, uniquement vêtu d'un boxeur.

— Tu te couches déjà?

— Mais, non. Je sors de la douche. Et toi, t'étais partie? Qu'est-ce qu'il y a?

Il a sûrement deviné, à mon air soucieux, que j'ai appris du nouveau. Je décide d'aller droit au but.

— Dis-moi, Francis, est-ce que je portais un chandail rayé?

9

Une valise verte

— Un chandail rayé? Quand ça?

— À Vieille-Aure. Ne me fais pas languir, s'il te plaît.

— Qui t'a parlé d'un chandail rayé?

— C'est écrit dans la lettre en hongrois.

— Tu l'as fait traduire?

— Alors, pour le chandail? C'est oui ou non? Et ne me dis pas que tu as oublié. Tu te souviens des moindres détails, insisté-je.

— Rayé bleu et blanc, genre matelot.

Je m'affale encore en pleurs sur les plus hautes marches de l'escalier. C'est donc bien de moi qu'il s'agit. J'en ai maintenant la preuve, c'est irréfutable. Et Francis qui reste planté là sans savoir quoi dire. Il finit par articuler:

— Voyons, Rosalie, ne te mets pas dans un état pareil pour une simple lettre!

— Pas si simple, la lettre. Elle dit que j'ai un oncle en Hongrie qui veut avoir des nouvelles de moi! Et toi, tu fais semblant que ça n'a pas d'importance et pas plus tard qu'hier, tu ne voulais même pas aborder le sujet.

Aurélie apparaît derrière Francis et m'invite à m'asseoir. Je me lève, toujours reniflant et m'installe sur le canapé. Elle me tend des mouchoirs pendant que Francis ramasse mon sac resté dans les marches. Puis, il s'assoit à mes côtés en me disant d'un ton rassurant:

— Ce n'est pas nécessairement une mauvaise nouvelle. Tu pourrais communiquer avec lui et en savoir plus long sur tes origines...

— Et s'il veut me garder?

— Il ne peut pas. Nous t'avons adoptée légalement. Tu ne vas pas t'inquiéter pour un oncle lointain qui habite un pays rétrograde situé à l'autre bout du monde!

— Pas rétrograde du tout! dis-je, insultée. C'est un Hongrois qui a inventé le cube Rubik. Et puis, ils ont de très bons patineurs, tu sauras! Tu es certain que je n'ai rien à craindre?

— Sûr. À mon avis, tu devrais oublier toute cette histoire et te concentrer sur la fin de l'année qui s'en vient.

— Tu peux bien parler, toi, avec les notes que t'avais au secondaire! T'as même failli rater ton voyage au Mexique à cause de ça.[1]

— Tu exagères! Et puis, je me suis toujours organisé pour réussir mes cours. Ce n'est pas ma faute si je n'aimais ni étudier ni faire mes travaux.

— Parce que tu crois peut-être qu'étudier est mon passe-temps favori? D'ailleurs, je pense qu'à l'avenir, j'utiliserai ta technique. Je vais m'organiser pour n'obtenir que la note de passage. À quoi bon avoir 90 % si ça n'intéresse personne?

Je me lève, décidée à rentrer chez moi. Il m'énerve, Francis. Il a tellement changé depuis qu'il est avec elle! Et c'est encore pire depuis qu'il sait qu'il va être père. Je ne serais pas surprise qu'il ait déjà acheté un régime d'épargne-études pour Junior et qu'il se mette à porter des bas bruns et à rentrer son chandail dans son pantalon.

— Bonne nuit! J'vais aller parler de tout ça avec mes amis… Eux au moins, ils me comprennent.

○

1. Voir *Au sud du Rio Grande,* Conquêtes n° 91.

J'ai dormi d'un sommeil léger, entrecoupé de rêves burlesques dont je me souviens à peine. Tout ce que je sais, c'est que je traînais une grosse valise remplie de photos. J'ai monté le volume de mon radio-réveil ce matin pour être certaine de me réveiller à l'heure. Résultat : je me trouve à faire l'examen dont Sandrine m'a parlé hier. On nous demande d'écrire une lettre d'opinion de 500 mots ayant pour sujet : L'augmentation des mesures de sécurité dans les aéroports pour contrer le terrorisme est-elle justifiée ? J'en ai rien à cirer, moi, des terroristes.

Il est 8 h 15, ce vendredi matin, et cette énergumène s'imagine qu'on va rédiger quelque chose d'intelligent en fouillant notre Bescherelle à toutes les deux lignes ? Au lieu de ça, j'ouvre mon dictionnaire dans la section noms propres. Enfin, je trouve la définition qui m'intéresse et je lis :

«Hongrie : État de l'Europe centrale ; 93 000 km^2 ; 11 500 000 h. Cap. Budapest. Langue : hongrois. Monnaie : forint. Pays traversé par le Danube, bordé à l'est par l'Autriche et…»

Voyant la prof bifurquer subitement et emprunter ma rangée, je ferme le dictionnaire et commence à écrire n'importe quoi sur mon brouillon. Dès qu'elle me tourne le dos, je retourne à cette définition qui m'interpelle pas mal plus que son histoire de terroristes.

Deux pages plus loin, je trouve une carte illustrant un petit pays dont la forme me rappelle celle d'un sabot de bois. Je cherche parmi les noms des villes celui de Pecsvarad, d'où provient la lettre de mon oncle. Ça me fait tout drôle de dire «mon oncle...»

Je serais donc une gitane de Hongrie ? Mais, comment expliquer que je parlais espagnol quand j'étais toute petite ? Et qu'est-ce que je faisais dans les Pyrénées françaises, si loin de chez moi ? Que de questions sans réponses. Pecsvarad ne figure pas sur cette carte. Il s'agit sûrement d'un petit bled. Comment savoir ? Peut-être en cherchant sur Internet ? Ça risque d'être écrit en magyar.

Mon regard se pose distraitement sur le sujet de la production écrite. C'est la seule chose que j'aie notée en haut de la page. Puis les images des rêves de la nuit dernière refont surface. Une valise verte sur roulettes. Je la traîne derrière moi et dois m'arrêter toutes les deux minutes pour ramasser des photos qui sortent par toutes les fermetures éclair. Et l'aéroport, quatrième mot de la question... Serait-ce un hasard ou plutôt un signe ?

Avant que la cloche ne sonne, j'ai réussi à rédiger quelque chose de potable. Mais, surtout, j'ai pris ma décision. Tant pis pour

Francis, il dira ce qu'il voudra! Et maman? Elle n'avait qu'à rester ici. Et Bingo? On aura le temps de se reprendre. Et Sandrine? Elle comprendra, elle m'excuse toujours.

○

Ainsi donc, je passe le reste de la semaine à jouer les figurantes à l'école. Sur des bouts de papier, j'élabore la liste de ce qu'il me faut et essaie d'évaluer les coûts reliés à cette entreprise. Mon estimé s'élève à 1500 $. Je pourrais peut-être demander à Bingo? *Non*, me dis-je. C'est de mon projet qu'il s'agit. Il n'est pas question que je demande de l'argent à qui que ce soit. Je ne veux rien devoir à personne, surtout pas à lui. Je n'ai pas envie d'avoir des comptes à rendre par la suite. Je vais réussir à me débrouiller seule.

Trois heures trente! Enfin, l'école est terminée, jusqu'à lundi en tout cas. Première escale, le guichet automatique. Mon solde s'élève à 876 $. C'est déjà un début. Une chance que j'ai travaillé l'été dernier. Mais où trouver les 700 $ manquants? Et puis, de combien d'argent ai-je besoin au juste? En sortant de la banque, je passe devant une agence de voyage. J'hésite quelques secondes, puis entre, décidée à obtenir des renseignements.

La préposée me fait signe de m'asseoir pendant qu'elle termine un téléphone. Pour me distraire, je feuillette des dépliants de voyage où figurent des plages caressées par des eaux limpides et bleues. On dirait que c'est toujours la même plage photographiée d'une page à l'autre, Cuba, Mexique, République Dominicaine. Toujours le même turquoise. *Ça doit coûter cher d'encre bleue à l'imprimeur*, me dis-je en posant le dépliant alors que la préposée fait de même avec son combiné.

— Alors, que puis-je pour toi ? me demande-t-elle, souriante.

— Dites-moi, combien coûte un vol aller-retour pour Budapest ? Pour une semaine ou deux environ.

— Budapest ? T'es sûre ? Attends, je vais voir, dit-elle en faisant aller ses doigts sur son clavier. Voilà, continue-t-elle satisfaite en griffonnant sur un bout de papier. Il y a un vol samedi prochain, retour la semaine suivante. Ça te va ?

— Si, si, dis-je.

— Ça fait 1425 $. Veux-tu une assurance ?

— Non, non merci, dis-je découragée par le prix. Il n'y a pas de spéciaux ? rajouté-je avec espoir.

— C'est cher l'Europe de l'Est. L'avion fait escale à Vienne en plus. Ce serait meilleur marché de passer par Paris, quitte à prendre le train par la suite… Attends, laisse-moi vérifier…

Paris! Non, mais dans quelle aventure suis-je en train de m'embarquer…

— Tu as de la chance! C'est 750 $, mais tu dois partir avant le mois de juin, donc d'ici jeudi prochain. Voyages-tu seule?

— Euh oui, jusqu'à présent en tout cas.

— Alors tu dois venir acheter ton billet avec un adulte. Il faut un passeport valide aussi.

Le prix est alléchant, soit. Mais c'est trop tôt pour prendre une décision. Je n'ai pas encore réfléchi à toutes les éventualités. Je préfère m'en tenir aux renseignements et lui réponds évasivement en la remerciant.

— Je vais penser à tout cela. Merci!

○

Je ne me rappelle même plus du trajet pour me rendre chez Sandrine. Je suis dans un tel état de fébrilité que je n'arrive pas à penser à autre chose qu'à ce voyage. Mon amie m'ouvre la porte.

— Ne me dis pas que tu sèches ton patin encore ce soir! me dit-elle en me voyant entrer.

— Oui, mais c'est pour une bonne cause. J'ai un plan dont je veux absolument te parler.

Nous nous assoyons toutes les deux sur son lit dans la chambre qu'elle partage avec sa sœur de huit ans. Par la fenêtre ouverte, j'entends sa mère qui fait grincer la corde à linge en y accrochant des draps. J'expose mon idée à Sandrine qui, pour une fois, se refuse à m'encourager.

— Ça n'a pas de sens, Rosalie. Tu ne peux pas faire un aussi grand voyage toute seule. C'est trop compliqué et beaucoup trop cher. Où prendras-tu l'argent ?

— J'en ai déjà une partie en banque, pour le reste j'ai ma petite idée. Et puis, je passerai par Paris et prendrai le train. Je vais épargner de l'argent.

— Mais non ! Tu n'épargneras pas un sou. As-tu une idée du prix des chambres d'hôtel à Paris ? Et le train jusqu'à Budapest ? Tu vas faire quoi ? Vendre des hamburgers au salaire minimum ?

— Non, mes patins, j'en ai deux paires qui valent très cher.

Là, elle interrompt son verbiage, complètement estomaquée. Elle ne semble pas en croire ses oreilles.

— Quoi ? Toi, Rosalie Pelletier, la meilleure patineuse de ta division, tu vas vendre tes patins ? Et pourquoi pas ton âme aussi. Le diable est acheteur, paraît-il.

— Calme-toi, s'il te plaît, Sandrine. Ça ne m'intéresse plus, le patin de toute manière. Je veux obtenir des réponses à mes questions, connaître mes origines. C'est légitime, il me semble, et pas mal plus important qu'un sport que je devrai interrompre tôt ou tard.

— Écris-lui, au monsieur, envoie-lui un courriel. Ce n'est pas nécessaire de te rendre là-bas et de tout flanquer en l'air… Juste au moment où t'as rencontré un gars en plus.

— Oui, c'est nécessaire. Car je veux le voir, ce Laszlo Horvath. Je veux connaître ce pays d'où je viens. Qui sait ? J'ai peut-être des cousins ou cousines là-bas, ou peut-être même un frère ou une sœur. Tu ne peux pas comprendre ce que ça fait que de me penser toute seule dans l'univers sans savoir si je partage mes chromosomes avec d'autres personnes. Quant à Bingo, il n'a rien à dire. Je ne pars qu'une semaine, pas plus.

Sandrine commence à désespérer de me faire changer d'idée et me sert son dernier argument :

— Francis ne te laissera jamais partir, de toute façon. Tu perds ton temps.

— Je n'ai qu'à ne pas le lui dire. Regarde, j'ai une fausse carte qui me donne 19 ans. Je l'appellerai à mon arrivée en Europe.

Elle saisit la carte et la retourne en tous sens entre ses doigts.

— Mais où as-tu pris ça ?

— C'est Bingo. Fabrication sur mesure, dis-je avec fierté. Comment crois-tu que je sois entrée au casino ?

Sandrine se lève de son lit et lance, d'un geste brusque, la carte sur la housse de couette. Arborant un air dégoûté, elle me dit :

— Là, vraiment, Rosalie, tu exagères. À bien y penser, Francis a raison. Bingo n'est pas un gars pour toi. Je m'en doutais un peu, mais là, j'en ai la preuve. En tout cas, fais ce que tu veux, mais ne compte par sur moi pour t'aider avec tes devoirs à ton retour. Bon, excuse-moi, je vais aider ma mère avec la lessive.

○

Je rentre chez moi complètement vidée et déprimée. Heureusement, mon frère est sorti. Aurélie et lui vont souvent au cinéma et au resto le vendredi soir. Alors, je peux ruminer mes pensées sombres en paix.

Ça m'attriste que Sandrine soit fâchée contre moi. Juste à cause d'une carte ! Mais, je pense qu'elle a raison. Je ne peux partir sans en parler à Francis. S'il refuse, alors je prendrai les grands moyens. En attendant, je dois réunir la somme nécessaire et pour cela, je vais vendre mes patins. Je pourrai sûrement obtenir 300 $ pour les plus anciens qui sont encore bons. Quant à l'autre paire, elle est presque neuve. C'était mon cadeau de Noël de maman et Francis. J'essaierai d'en obtenir 450$. Plus les quatre ou cinq robes de compétitions… un autre 100 $. Je devrais y arriver.

Je me mets donc à confectionner une annonce que j'afficherai dès demain à l'aréna. Espérons que ça ira vite, je n'ai plus beaucoup de temps. Puis, je descends à la cave, essayant de voir ce que je peux réunir pour mon voyage. Je tombe sur une petite tente qui pourra m'être utile et me faire économiser de l'argent. *C'est sûrement celle utilisée par Francis lors de ses voyages*, me dis-je en souriant.

Au fond de la garde-robe, sous les manteaux suspendus là pour l'hiver, je trouve une valise à roulettes qui m'attendait depuis des années, prête à m'accompagner dans mon voyage au pays de mes gènes inconnus.

Il fait déjà sombre lorsque je remonte du sous-sol, mais je me sens mieux depuis que j'ai fait le point. Je garde le plus difficile pour demain matin lorsque je parlerai à Francis. Ensuite, j'avertirai Bingo. Après tout, je ne ferai qu'un aller-retour d'une semaine. *Ils ne feront pas tout un plat avec ça*, me dis-je déjà rassérénée.

Au moment où je passe au salon, j'entends des pas sur le balcon avant. C'est étrange, Francis et Aurélie rentrent beaucoup plus tard d'habitude. À moins que ça ne soit Bingo… Non, j'aurais entendu sa musique.

Je n'ai pas encore allumé la lumière du salon et je distingue clairement une silhouette qui se profile dans le clair de lune. Un effroyable frisson descend le long de mon échine alors que l'ombre se déplace vers la porte d'entrée. Heureusement, je peux voir le loquet et la chaîne qui assurent ma sécurité. Cependant, ça n'arrive pas à ralentir mes pulsations cardiaques. J'attends d'interminables secondes, immobile dans le noir, sans qu'il ne se passe quoi que ce soit.

Alors, à tout petits pas, je me décide à avancer vers les fenêtres du salon, espérant apercevoir quelque chose avant que ce quelque chose ne m'aperçoive. J'arrive à la fenêtre pour constater que la rue est complètement déserte. Seule une voiture grise stationnée un peu plus loin me nargue de ses phares éteints.

10

L'Orient-Express

Je suis restée jusqu'à deux heures du matin, recroquevillée sur le sofa du salon, roulée en boule comme un petit animal traqué, réfugié au fond de sa tanière. Quatre heures à songer que je ne suis peut-être pas prête à entreprendre un si grand voyage toute seule. En revanche, je sais aussi à quel point ce périple est important pour moi.

Étrangement, ma crainte qu'on veuille m'enlever à ma famille s'est transformée en un brûlant désir de connaître mes souches. Mais comment parvenir à ce résultat sans la complicité de mon frère ? Non seulement j'ai besoin de son accord, mais aussi de ses conseils. Mais voilà, comment le convaincre ?

J'entends claquer les portières d'une voiture. Francis et Aurélie reviennent enfin.

J'intercepte mon frère pendant qu'il débarre sa porte. Ils sont tellement surpris de me voir surgir sur le palier au milieu de la nuit qu'ils sont sûrs que j'ai une mauvaise nouvelle à leur apprendre. Soulagée de constater qu'il n'y a rien de grave, Aurélie monte se coucher. J'insiste pour que Francis entre, je veux discuter immédiatement malgré l'heure tardive.

Je commence par lui parler de la voiture grise et de l'ombre aperçue sur le balcon. Francis me rassure en disant qu'il ouvrira l'œil et que la porte d'entrée est équipée d'une serrure « à tout casser ».

— La nuit, tous les chats sont gris, récite-t-il. Alors, ça doit être vrai pour les voitures aussi, non ? L'important, c'est que tu n'ouvres la porte à personne et si tu préfères, viens dormir en haut.

Il rajoute aussi que parfois, dans la pénombre, on voit des choses ou on entend des bruits qu'on ne remarque pas d'habitude. Quelque peu rassurée, j'aborde ensuite l'épineuse question de mon projet de voyage. Évidemment, mon frère s'y oppose. Je n'ai pas même encore dévoilé mes meilleurs arguments qu'il a décidé que je n'irais nulle part, surtout pendant l'année scolaire.

— T'es complètement cinglée! Pourquoi veux-tu dépenser une fortune pour te rendre là-bas? Tu as de gros examens en juin en plus!

— Je sais, mais les vols sont moins chers en mai et je ne serai partie qu'une petite semaine. Dis oui, s'il te plaît, Francis. Tu pourrais m'accompagner?

— Inutile d'insister, Rosalie, c'est hors de question. Ton projet ne tient pas la route. Et puis, tu ne les connais pas, ces gens-là. Qui te dit qu'ils sont honnêtes?

— On dirait qu'à part nous tu prends tout le monde pour des bandits. Et puis, tu devrais comprendre, toi, tu es déjà allé à mon âge tout seul au Mexique pour chercher ta Rosa.

— Oui, mais ce n'était pas la même chose.

Je ne peux m'empêcher de fulminer quand il me sert des arguments aussi ridicules. Je hausse le ton et cherche délibérément une façon de le provoquer.

— Parce que t'es un gars, je suppose?

— Il n'y a pas que ça. Je m'en allais au Mexique, un pays que je connais et où l'on parle l'espagnol. Et puis, mon cousin m'attendait à l'aéroport. Toi, tu veux débarquer dans un pays peuplé de barbares qui se bourrent de goulasch en buvant du vin rouge!

— Ah, parce que je suppose que les Mexicains sont sages comme des cactus en pots et qu'ils ne boivent que de l'eau distillée !

— Non, mais au moins, ils parlent une langue civilisée. Bon, il est assez tard. Va te coucher et n'y pense plus.

— Facile à dire, n'y pense plus, quand je n'ai que ça en tête ! Et si tu refuses de m'accompagner, j'irai seule, que ça te plaise ou non !

Devant mon entêtement, Francis sort son dernier argument, espérant me faire fléchir.

— Et s'ils décidaient de te garder avec eux, hein ! Que feras-tu là-bas ? Me téléphoner en braillant : « Francis, viens me chercher ! »

— Tu dis toi-même qu'ils ne veulent pas me récupérer. Cesse de changer de discours toutes les deux minutes !

— J'ai dit qu'ils ne peuvent pas te garder. Ça ne veut pas dire qu'ils ne tenteront pas de le faire. Bon, j'en ai assez entendu, je monte me coucher. Et de toute manière, tu ne peux t'acheter de billet sans mon accord. Et n'oublie pas que c'est moi qui détiens la clé du coffret de sûreté dans lequel se trouve ton passeport.

Et c'est sur ces paroles encourageantes qu'il disparaît, me laissant seule avec ma perruche qui se demande bien pourquoi la lumière est allumée en plein milieu de la nuit. Après m'être assurée que la porte d'entrée était bien verrouillée, je regagne l'univers réconfortant de ma chambre et me vautre sur mon duvet sans prendre la peine de revêtir un pyjama.

La réaction de mon frère était prévisible. Je me doutais bien qu'il s'opposerait à ce voyage. Cependant, je ne baisse pas les bras pour autant. Je vais revenir à la charge dès demain en essayant d'ici là de dénicher d'autres arguments. L'idéal serait de convaincre quelqu'un de m'accompagner... Si au moins maman était là, elle accepterait peut-être. *Je l'appellerai, demain,* me dis-je en fermant les yeux sur cette journée épuisante.

○

Un rayon de soleil s'entête à filtrer entre les tentures pour se poser, abrupt, sur mes paupières closes. J'aurais souhaité dormir tard ce matin. Je me lève néanmoins, me prépare un banal petit-déjeuner, regrettant soudainement les crêpes de maman. Connaissant ses habitudes matinales, je décide de l'appeler tout de suite.

La voix aiguë de maman me réchauffe le cœur et je ne peux m'empêcher de sourire en l'entendant demander des nouvelles de tout le monde.

— Maman! T'en as encore pour longtemps avec Maria? J'en ai marre de me nourrir des restes de ce qui reste... Et puis, j'ai peur, parfois le soir, j'ai l'impression que des personnes me surveillent.

— En as-tu parlé à ton frère? demande-t-elle inquiète.

— Oui, il dit que c'est peut-être moi qui me fais des idées, que j'ai trop d'imagination.

— Sois prudente tout de même et va dormir en haut si tu es craintive, rajoute-t-elle.

— Maman, est-ce que tu viendrais avec moi en Hongrie?

Je lui lance la question à brûle-pourpoint en misant sur l'effet de surprise. J'avoue que je compte aussi sur sa vulnérabilité actuelle, car je me doute qu'elle se sent coupable d'être partie si loin.

Or, le meilleur moment pour manipuler un parent c'est quand il se sent coupable pour une raison ou pour une autre. C'est le syndrome du papa gâteau. Mais, je n'en ai pas de papa gâteau, ni de papa tout court. Parfois, ça me plairait d'être la fille chérie d'un père quelconque. Je serais certaine qu'il m'aimerait toujours.

C'est sûr, j'ai un grand frère, mais je pense qu'il ne m'aime plus. En tout cas, plus autant qu'avant.

Même que je fréquente Bingo ne semble pas le déranger outre mesure. Moi qui croyais le faire grimper dans les rideaux avec un copain comme lui. Il ne m'en reparle plus. On dirait qu'il l'a oublié. Comme si la possibilité que je sois amoureuse d'un gars n'existait pas dans sa tête. Ou qu'il s'en fiche royalement.

Le pire dans tout cela, c'est qu'il a un peu raison comme d'habitude. Je ne suis pas vraiment amoureuse de Bingo. Il ne représente pour moi qu'une sorte de distraction. C'est le symbole de mon émancipation.

En effet, j'essaie doucement de me détacher de Francis avec qui j'ai vécu en symbiose depuis mon adoption. Comme un bébé singe qui s'accroche désespérément au pelage de sa mère vaquant à ses occupations sans trop se soucier du petit être apeuré qui cherche à maintenir son équilibre tout en étant ballotté de gauche à droite.

Moi aussi, j'avais trouvé l'équilibre dans mes relations affectives avec maman et Francis. Cela formait un triangle. Mais depuis qu'Aurélie est là, et que Bingo est aussi apparu dans le décor, l'équilibre s'est rompu. Le triangle s'est désintégré dans toutes les directions. Moi, j'ai été propulsée vers l'Europe de l'Est.

— En Hongrie ? répète maman toujours au bout du fil. Mais qu'est-ce que tu veux aller faire là ?

Je lui raconte donc pour les lettres, la traduction, l'oncle hypothétique, le billet pour Paris d'abord, la réaction de Francis, tout quoi! Puis, après quelques minutes de silence, l'impensable se produit. Au lieu de s'ingénier à trouver des raisons pour m'empêcher de remonter le fleuve de ma vie, maman répond :

— Je pense que tu pourrais y aller, si c'est important pour toi. Cependant, il faudrait absolument que quelqu'un t'accompagne. C'est une condition *sine qua non*.

Je suis tellement surprise de sa réaction qu'a priori, je pense qu'elle ironise. Je réponds :

— Tu veux rire?

— Mais non, je suis sérieuse. C'est important que tu trouves des réponses à des questions qui risquent de te hanter toute ta vie. C'est sûr que ça représente beaucoup d'argent, mais bon, tu te trouveras un emploi cet été.

— Tu acceptes? T'es certaine, même si je pars en mai? dis-je incrédule.

— Seulement si tu trouves un adulte qui accepte d'y aller avec toi. Pourquoi n'écris-tu pas un courriel à Amélia à Paris? Qui sait, elle accepterait peut-être de faire ce voyage avec toi et elle pourrait t'héberger quelques jours à ton arrivée en France.

Amélia, la jumelle d'Aurélie! Comment n'y avais-je pas songé plus tôt! Bien sûr, Francis s'est bien gardé de me faire penser à elle. Il préfère trouver des obstacles à mon voyage plutôt que des pistes de solutions.

Maman conclut l'appel en me promettant qu'elle va expliquer son point de vue à Francis. Tant pis pour lui s'il n'est pas content! Quant à moi, j'irai placer mon annonce à l'aréna. J'en rédigerai une aussi pour les petites annonces dans Internet. Plus vite je vends mes patins, plus vite je pourrai acheter mon billet d'avion.

Je suis vraiment excitée à la pensée de ce départ qui semble se concrétiser. En même temps, je dois admettre que j'ai un peu la trouille. Pas mal, même. Un voyage d'une telle envergure me procure une certaine angoisse. Mais, la confiance que me témoigne maman contribue à me rassurer. Et puis, si Amélia est disponible pour m'offrir le gîte à Paris, ça solutionne une partie du problème. Reste à voir qui pourrait m'accompagner.

Alors que je m'apprête à partir, la sonnerie du téléphone retentit encore. Cette fois, c'est Sandrine au bout du fil.

— Je voulais m'excuser, dit-elle. Je me suis emportée sans réfléchir. Je me doutais que Bingo avait des comportements qui laissent à désirer. Là, j'en ai eu la preuve et ça

125

m'a fait regretter de te l'avoir présenté. Ensuite, je me suis dit que tu as le droit de sortir avec qui tu veux et d'aller en voyage où tu veux, même en Afghanistan ou dans la bande de Gaza si c'est ce que tu souhaites. Ça ne me regarde pas.

— Ma mère accepte, dis-je en guise de réponse. Je viens tout juste de lui parler.

— Elle est d'accord! Et Francis?

— Lui, c'est l'inverse. Mais, tant pis, maman m'a donné sa bénédiction de toute façon. Je vais à l'aréna porter mon affiche, on se rejoint au métro?

— D'accord, j'y serai dans quinze minutes.

— Ensuite, on ira à la bibliothèque chercher un guide ou deux sur la Hongrie!

○

Le jour du départ est arrivé tellement vite que je n'ai pas eu le temps d'y penser. En deux semaines, j'ai réussi à vendre mes patins à une connaissance de Sandrine et à acheter mon billet d'avion. Francis est venu avec moi. Jusqu'à la dernière minute, il me répétait que ce voyage était insensé, que je devrais attendre en juillet au moins, que maman avait perdu la tête, bref toute une litanie qui a pris fin, heureusement, lorsque je lui ai dit:

— Non seulement tu es retourné au Mexique, mais deux ans plus tard tu es parti en France, fin seul !

— Je sais, mais c'était important, je cherchais Enrique.

— Moi aussi, je cherche quelqu'un. MOI. C'est pas important ça ?

Là, je crois qu'il a compris. Il a enveloppé mes épaules de son lourd bras réconfortant et m'a embrassée sur la tempe, près de la racine des cheveux. Nous sommes restés ainsi de longues minutes dans la voiture stationnée devant l'agence, seuls avec la complicité de jadis que je croyais pour toujours disparue, emportée par les événements.

Puis, il s'est mis à fouiller dans la poche de son jeans et m'a finalement tendu deux billets de cent dollars. « À garder à part, si jamais tu es mal prise », m'a-t-il expliqué. Il m'a aussi donné mon passeport, preuve qu'il s'était fait à l'idée de me voir partir.

○

J'ai profité de mes longues soirées libres récupérées depuis que je ne patine plus pour lire des guides touristiques sur la France et la Hongrie. Aussi, ça me donne plus de temps pour sortir avec Bingo ou pour bavarder au téléphone avec lui. La semaine dernière, nous sommes allés au cinéma à deux reprises et nous avons passé la journée de samedi à La Ronde. Je n'ai vraiment pas le temps de m'ennuyer du patinage avec un ami comme lui ! D'ailleurs, Francis a eu du mal à accepter que j'arrête de patiner après tous les efforts que j'ai investis pour perfectionner mon sport.

— Tu le regretteras, j'en suis sûr ! m'a-t-il prédit comme s'il proférait une malédiction.

Je lui ai répondu que le cœur n'y était plus, que mes priorités avaient changé. Et que jamais je ne regretterais les bons moments passés sur la glace. Mais, maintenant, j'avais la tête ailleurs, quelque part entre la France, l'Espagne et un pays lointain d'Europe de l'Est.

Dès que je l'ai mise au courant, Aurélie a téléphoné à sa sœur. Non seulement celle-ci m'attendra à Charles-de-Gaulle, mais elle m'accompagnera en train au moins jusqu'à Vienne où elle veut rencontrer des amis. Et puis le père de Peter m'a donné l'adresse courriel d'une de ses nièces qui habite Budapest. Elle étudie l'anglais à l'université. J'ai communiqué avec elle et elle a accepté gentiment de m'aider si j'avais besoin d'un interprète. Génial, tout s'arrange. Quant à Bingo, il a été un peu surpris par mon projet, surtout qu'il ne connaissait pas toute mon histoire. Il m'a dit que si quelqu'un voulait m'enlever, où que ce soit sur la planète, il irait me chercher avec ses amis et que mes ravisseurs se souviendraient longtemps qu'on ne touche pas aux amis du grand Bingo. J'imagine voir débarquer son gang dans un patelin hongrois pour venir me libérer d'un groupe de gitans agiles au couteau. Ça ferait un bon film…

Quant aux profs, ils m'ont donné les pages à voir et ont accepté de me faire reprendre les examens importants. Le prof d'histoire a été particulièrement compréhensif lorsqu'il m'a dit, avec beaucoup de sagesse et d'humilité :

— Tu apprendras bien plus lors de ce voyage que pendant n'importe lequel de mes cours. Et surtout, tu t'en rappelleras toute ta vie. Je n'ai jamais eu la chance de visiter les pays de l'ex-bloc soviétique. Ce doit être fort intéressant.

Puis, j'ai préparé mes bagages. Francis n'a pas voulu que j'apporte la tente.

— Il est hors de question que tu fasses du camping toute seule. Et pourquoi pas de l'auto-stop tant qu'à y être ?

— C'est pas comme ça que t'as rencontré Aurélie ? dis-je narquoise.

— C'est vrai, mais elle est tombée sur moi, heureusement. Ne prends pas de risques inutilement, d'accord ?

— Arrête de t'en faire, Francis. Je vais être prudente. Il y a plein de petits hôtels pas chers en Hongrie, sans compter les auberges de jeunesse. Et puis, je vais passer une nuit dans l'Orient-Express aussi.

J'ai insisté exprès sur le nom du train en parant ma voix de mystère. Francis l'a remarqué tout de suite.

— Tu vas prendre l'Orient-Express ? Comme dans le roman d'Agatha Christie ?

— Exactement ! Le train où le crime a été commis. C'est celui qui va vers l'est et passe par Vienne et Budapest… Génial, non ?

Et c'est ainsi que les deux semaines me séparant du départ se sont finalement écoulées.

Une demi-heure avant de partir pour l'aéroport, j'entends le bruit caractéristique de l'auto de Bingo se stationnant devant chez moi. Ça me fait chaud au cœur de constater qu'il vient me saluer avant mon départ malgré qu'il soit cinq heures du matin. Je lui ouvre la porte et saute à son cou pour l'embrasser, lorsque je me heurte à une caisse de carton qu'il tient de ses deux mains.

— Salut Rosalie ! J'ai un petit service à te demander. C'est pour un bon ami à moi qui habite Paris. Je voudrais que tu lui apportes ceci.

11

Le baluchon rose

Déçue de constater qu'il n'est pas venu pour moi, mais bien pour me demander un service, je reste figée sans savoir quoi dire. Un peu comme quand j'étais petite et que quelqu'un, pensant me faire plaisir, m'offrait une Barbie.

J'ai toujours détesté ces poupées aux jambes démesurément longues et aux formes exagérées. De surcroît, leurs interminables cheveux blonds et leurs immenses yeux bleus n'avaient rien en commun avec moi. Et puis, je n'éprouvais aucun plaisir à habiller et déshabiller ces silhouettes rigides comme le faisaient inlassablement mes petites amies. Et puis, on finissait toujours par perdre un des

minuscules souliers qui se retrouvait imman-
quablement dans l'aspirateur. Bref, j'abhorrais
ce genre de cadeau et ne savais comment
réagir lorsqu'on m'en offrait.

Je me sens placée dans la même situation
face à Bingo même s'il ne s'agit manifestement pas d'un cadeau. Je baisse les yeux
pour examiner le contenu de la caisse de
carton. Des conserves de sirop d'érable et un
pot de beurre d'arachide. Décidément, c'est
à n'y rien comprendre.

— Du sirop d'érable? Mais pourquoi
faire? dis-je intriguée.

— C'est pour mon ami Grégory. Il a vécu
ici toute sa vie et habite Paris depuis un an.

— Et alors? dis-je pas plus convaincue.

— C'est rare en France, et le beurre
d'arachide aussi, alors je lui en envoie. C'est
un peu pour l'encourager, car le Québec lui
manque, rajoute-t-il.

Je soupèse les boîtes. Il y a quatre conserves, plus le pot de 500 grammes de beurre
d'arachide.

— C'est lourd, ajouté-je. Je n'ai pas envie
de charrier ça entre le Louvres et la tour Eiffel!

— T'auras rien à faire. Regarde, je t'ai
acheté un beau baluchon pour transporter le
tout et Grégory sera à l'aéroport de Paris. Tu
n'auras qu'à lui remettre les conserves, c'est
tout simple.

— Et comment vais-je le reconnaître, ton Grégory ? Un Haïtien portant une chemise à carreaux et des raquettes aux pieds, dis-je en ironisant sur le ridicule de la situation.

— Mais non, il tiendra une rose jaune à la main, ainsi tu le reconnaîtras facilement. J'ai pensé à tout !

— Bon, d'accord, dis-je en soupirant.

— Génial ! T'es super, Rosalie. Je t'adore, dit-il en mettant les conserves dans le baluchon rose.

Puis, après m'avoir mis le sac dans les bras, il m'embrasse rapidement et me souhaite bon voyage en dévalant l'escalier de béton quatre à quatre.

Quel drôle de type ! Je n'ose pas trop lui en vouloir. Après tout, comment lui reprocher de vouloir faire plaisir à ses amis ? J'ai à peine le temps de ramasser mes affaires que j'entends Francis descendre. Il s'empare de mon sac à dos en me demandant :

— Qu'est-ce qu'il voulait encore, celui-là ?

Je me sens obligée de mentir, voulant cacher à mon frère l'aspect intéressé de la visite éclair de mon ami. Par la même occasion, je souhaite me convaincre aussi qu'il voulait en premier lieu me souhaiter bon voyage. Comme n'importe quel petit ami normal l'aurait fait. Mais, bon, tant pis. Il n'est pas comme les autres et c'est justement ce qui me plaît en lui.

Le baluchon pourra me servir de bagage à main. J'ajoute donc aux conserves une trousse de maquillage, des chips pour grignoter dans l'avion, un bon roman policier, un porte-monnaie contenant quelques euros et une brosse à cheveux.

Il y a un trafic fou sur la route menant à l'aéroport. Dans la voiture, Francis m'explique qu'il ne pourra peut-être pas me tenir compagnie jusqu'au départ de l'avion parce qu'il risque d'arriver en retard au chantier.

— Dans ces cas-là, tous les ouvriers m'attendent sans oser commencer quoi que ce soit, explique-t-il navré.

— C'est pas grave, dis-je pour le rassurer. J'ai de la lecture. Et puis, je dois apprendre à me débrouiller seule, pas vrai?

Francis reste donc avec moi à l'aéroport jusqu'à la dernière minute en me prodiguant mille et un conseils. Puis, l'heure venue, il me serre contre lui une dernière fois avant de disparaître dans le stationnement.

Il me reste une heure à patienter avant de franchir les derniers contrôles menant à la zone franche. Je m'installe donc aussi confortablement que possible dans un siège de plastique moulé dont la forme ne correspond à aucun postérieur humain que je connaisse.

J'entame les premières pages du roman que j'ai choisi d'apporter. *Le crime de l'Orient Express*. Je n'ai pas trouvé meilleur titre pour me mettre dans l'ambiance de ce voyage qui, j'espère, me réservera autant de surprises et de mystères que cette lecture.

○

Je suis déjà au chapitre 5 lorsque j'entends la voix impersonnelle de l'agent de bord appeler les passagers du vol TS-452 en partance pour Paris. Paris! Deux syllabes qui résonnent à mes oreilles comme promesse de magie. La Ville lumière m'attend, chargée de toute son histoire. Dans quelques heures, au lieu d'assister à mes cours prévisibles et tellement monotones, je déambulerai au bord de la Seine, à l'ombre de Notre-Dame, sur ces quais qui auraient tant d'histoires à raconter s'ils pouvaient parler.

Avant d'embarquer, je passe par les toilettes pour éviter de me mettre en ligne dans l'appareil. Après m'être lavé les mains et avoir constaté mon teint blafard dans le miroir, je décide de rajouter un peu de brillant sur mes lèvres et de noir sur mes yeux. C'est alors que je me rends compte que j'ai laissé mon baluchon sur le banc du hall de l'aéroport. Mon cœur ne fait qu'un tour, mais je me calme rapidement en songeant que mon passeport, mon argent et mes billets d'avion sont suspendus à mon cou dans une pochette de voyage sécuritaire. De plus, je ne suis restée à la salle de toilettes que quelques minutes et je doute fort que quelqu'un ait pu mettre la main sur mon sac dans cet intervalle. Le cas échéant, eh bien, tant pis pour le sirop d'érable. Quelqu'un d'autre s'en régalera à la place de Grégory !

J'arrive aux sièges de plastique en quelques secondes pour constater qu'un groupe de policiers de l'aéroport est attroupé précisément à l'endroit où je me trouvais assise il y a à peine quelques minutes. Un chien tenu en laisse s'agite à leurs pieds. C'est alors que je constate avec stupeur que ces gens sont en train de fouiller le baluchon ! Et qu'il s'agit sûrement de l'escouade spéciale des stupéfiants. À moins que ce chien ne «trippe» sur le sirop d'érable autant que le Grégory de Bingo…

La frayeur s'empare de moi quand je comprends ce qui est en train d'arriver. Il y a sûrement quelque chose dans ces conserves. Je ne dispose que d'une fraction de seconde pour décider de l'attitude à adopter. Je choisis de me transformer le plus vite possible en courant d'air, abandonnant le baluchon aux policiers.

Je me faufile parmi les touristes qui font la file devant le détecteur de métal et arbore l'air le plus détendu possible malgré mon cœur qui semble vouloir sortir de mon corps par toutes mes extrémités. J'ai soudainement très hâte de me retrouver dans l'avion à 10 000 mètres d'altitude afin de mettre le plus de distance possible entre ce satané baluchon et moi. Je reste imperturbable lorsque la douanière me demande de déposer mon bagage à main sur le tapis roulant. J'y dépose mon sachet de nylon noir qui contient mes biens les plus précieux. J'ajoute aussi mon roman dans la boîte grise que me tend l'agent de bord.

— C'est tout ? demande l'employée.

— Oui, oui, dis-je avec le plus de naturel possible. Je voyage léger.

Quelques instants plus tard, je me retrouve dans la carlingue au siège qui m'est réservé. Je m'y installe rapidement et plonge le nez dans mon livre afin de passer inaperçue. Sauf que je ne lis pas. Mes yeux fixent la page sans rien décoder. J'essaie de me discipliner pour respirer le plus calmement possible comme j'ai appris à le faire dans les moments hautement angoissants.

Je veux faire le point sur ce qui m'arrive. D'abord, je dois me rendre à l'évidence que Bingo est un escroc qui n'a aucune considération pour moi. En fait, il se fiche éperdument de ce qui aurait pu m'arriver si je n'avais pas eu la distraction d'oublier le baluchon. La sécurité passe tout aux rayons X. Les agents auraient vu la drogue et m'auraient arrêtée! Quel salaud! Il s'est servi de moi comme mulet. Comme c'est valorisant de se comparer à un animal stupide qui transporte de la marchandise sans le savoir.

Je réfléchis à mes propres erreurs. Comment ai-je pu faire preuve de tant de naïveté? Tout le monde insiste sur le danger d'apporter des paquets pour quelqu'un d'autre à l'étranger. Même l'agent de bord l'a demandé au moment d'embarquer mon sac à dos. Et moi, l'imbécile, j'ai fait confiance à ce bandit. *Il y avait anguille sous roche, aussi*, me dis-je après réflexion. C'était ridicule, cette histoire de gars qui s'ennuie du Québec… C'est plutôt l'argent sale de la drogue qui lui manque, à ce supposé patriote.

Et puis, j'aurais dû me méfier de Bingo qui débarque chez moi aux aurores avec ce paquet, comme si c'était tellement important, ce cadeau.

Je m'en veux d'avoir été si crédule. Francis avait raison de se méfier de lui, je dois l'admettre. Comment un jeune de 19 ans, qui n'a pas d'emploi stable, peut-il disposer d'autant d'argent? Il n'y a que le commerce de la drogue qui puisse expliquer un train de vie aussi élevé. Dire que j'ai fermé les yeux devant l'évidence… pour me distraire, de surcroît. Si au moins j'avais été en amour. Ma naïveté aurait pu être imputable à ce noble sentiment, mais là, je lui ai fait confiance aveuglément et n'ai pas voulu écouter les conseils de quiconque. J'ai préféré croire un gars que je connais depuis quelques semaines plutôt que mon frère qui ne m'a toujours voulu que du bien.

Il est vrai que Sandrine vient d'une famille hors de tout soupçon. Ce sont des gens parfaitement honnêtes qui priorisent les études de leurs enfants et une solide éducation basée sur l'honnêteté, justement. Le fait que Sandy le connaisse vaguement m'avait rassurée. Je ne m'imaginais pas qu'une si bonne famille puisse connaître un trafiquant de drogue. J'en suis là dans mes pensées lorsque ma voisine de gauche s'adresse à moi.

— C'est ton baptême de l'air ?

Ça me prend quelques secondes pour revenir à la réalité. Je ferme mon livre prestement et l'insère dans la pochette devant moi. Je lui réponds poliment, en gardant les yeux rivés sur l'agent de bord qui nous fait une très rassurante démonstration sur l'art d'enfiler un masque à oxygène si jamais une explosion pulvérisait une section du fuselage.

— Non, dis-je.

— Alors, détends-toi, tu n'as rien à craindre. Quel âge as-tu? demande-t-elle en sortant un tricot.

— Quinze ans, dis-je en ouvrant le dépliant d'urgence.

Je cherche n'importe quoi pour m'occuper… je n'ai pas le goût de jaser avec cette bonne femme trop curieuse qui m'empêche de faire le point sur la situation. Par contre, il en va de mon intérêt d'avoir l'air calme et détendue. On ne sait jamais, un policier des stupéfiants est peut-être embarqué sur ce vol afin de découvrir à qui appartient le baluchon. Si j'ai l'air trop angoissée, je risque d'attirer les soupçons sur moi. Je me laisse donc envahir par le verbiage assommant de cette voisine et, au bout de quelques minutes, nous avons l'air de nous connaître depuis des lunes. Elle se met même en tête de me montrer à tricoter.

— Ce n'est pas difficile et ça va te faire oublier qu'on est dans un avion, insiste-t-elle, convaincue des vertus thérapeutiques de son sport.

Je fais semblant de m'intéresser à sa technique. Après tout, qui pourrait soupçonner de trafic de drogue une ado tout à fait «nerd» qui voyage avec sa grand-mère en tricotant des pantoufles de laine au début de l'été?

La leçon terminée, ma voisine me laisse tranquille «pour que je puisse me concentrer sur mon ouvrage», spécifie-t-elle. Moi, ça me permet de réfléchir en paix à ce qui m'arrive... D'abord, dois-je m'inquiéter?

Selon moi, s'ils avaient eu à m'arrêter, ils l'auraient fait à l'aéroport, il me semble. Pourquoi attendre que l'avion décolle? Ce n'est pas logique. Et puis, y avait-il vraiment de la drogue dans le paquet? Le pot de beurre d'arachide avait pourtant l'air authentique. À moins qu'il ne s'agisse d'une nouvelle version mise sur le marché par Kraft. J'imagine la publicité télévisée: «Goûtez au nouveau beurre de cocaïne Kraft. Irrésistible en collation, il contient 33 % moins de sel et aucun gras trans.»

À moins que le pot de beurre d'arachide ait servi uniquement de leurre... pour que l'histoire du gars en mal du pays tienne la route. Par contre, il y avait sûrement quelque chose à la place du sirop d'érable, sinon pourquoi tout ce fla-fla autour de mon sac?

Ce qui me rassure, par contre, c'est que je ne vois pas comment les policiers pourraient faire le lien entre ce sac de tissu rose et moi. Toutes les adolescentes possèdent ce genre de sac... et mes papiers d'identité sont restés sur moi, heureusement. Ce n'est pas avec quelques rouges à lèvres et une brosse à cheveux qu'ils me retraceront.

Je me sens soulagée à cette pensée. Tout ce qu'il me reste à faire, maintenant, c'est de gérer l'immense colère qui fait rage en moi. Et chaque fois que je plonge l'aiguille dans une maille, je m'imagine infliger une vengeance à cet individu infâme qui prétendait être mon ami… le salaud! En plus, je dois admettre que Francis avait raison, comme toujours. J'aurais dû me fier à son flair et à son expérience au lieu de m'entêter à sortir avec un gars qui ne veut pas même me dévoiler son prénom.

○

J'ai eu le temps de terminer une cinquantaine de rangs, de finir mon roman, de manger leur prétendue bouffe, de regarder le film, de dormir un peu… et nous sommes enfin arrivés à Paris. Après avoir pris congé d'Hortense, c'est ainsi qu'elle s'appelle, je me dirige vers le carrousel pour récupérer mon sac à dos. Autour des voyageurs affairés à repérer leurs bagages, des policiers font la ronde. Instinctivement, je me tiens loin d'eux et essaie de me frayer un chemin incognito vers la sortie. *J'espère qu'Amélia sera là*, me dis-je en me dirigeant vers les portes vitrées.

Au moment où je m'apprête à sortir de la zone en franchissant les doubles portes, je sens une main ferme se poser sur mon épaule. Une voix grave me dit :

— Attendez, mademoiselle. Quelqu'un veut vous parler.

12

Pipi à Paris

Il arrive parfois qu'une fraction de seconde dure une éternité. Une fraction de seconde interminable au cours de laquelle on a le temps d'envisager le pire.

Ils m'attendaient à Charles-de-Gaulle. La capitale française m'accueille comme une criminelle et à la place de la contempler du haut de la célèbre tour, c'est dans le sous-sol d'un commissariat que j'embrasserai la France.

Alors que j'amorce une lente rotation sur moi-même pour faire face à l'adversaire, je ressens une vive contraction dans le bas-ventre. Mon jeans se réchauffe sous l'effet de l'urine qui l'inonde. Impossible de contenir le flot de l'angoisse et de la colère.

L'humiliation est totale. À la fois physique et psychologique.

Imperturbable, je lève les yeux vers l'homme qui se trouve maintenant face à moi. Étrangement, il ne porte pas d'uniforme, est jeune et vêtu d'un simple t-shirt bleu. Il ne semble pas avoir remarqué l'inondation absorbée tant bien que mal par mon pantalon. Alors que je m'attends à ce qu'il brandisse sous mon nez une carte de la GRC, il pointe en direction du carrousel.

— La dame là-bas vous fait signe.

Il s'agit de nulle autre qu'Hortense, immobilisée en attendant ses valises. Elle brandit un bout de papier en gesticulant.

Ce n'est qu'Hortense qui veut me laisser son adresse. Pendant que je m'approche d'elle, je ne sais si je dois exploser de colère ou de joie.

J'ai quinze ans et je pisse dans mon pantalon parce qu'une vieille présidente du club des fermières veut me donner son adresse. Elle me gâche mon arrivée tant désirée en sol français par un excès de gentillesse. Dois-je la remercier ou la gifler en envoyant valser son dentier parmi les valises?

Souriante, elle me dit d'un ton condescendant :

— Ne fais pas cette tête-là, voyons. J'aurais ressemblé à Dracula que tu ne m'au-

146

rais pas regardée autrement. Voilà, je te laisse mon numéro de téléphone à Sainte-Adèle. Si tu as besoin de conseils avec ton tricot, tu m'appelles à ton retour, d'accord?

Puis elle me gratifie de quelques petites tapes amicales sur la joue avant de terminer par un « Bon voyage » bien senti. Parlons-en d'un bon voyage. Il commence bien en tous les cas. Quant à moi, je noue mon blouson autour de mes hanches et retourne sur mes pas constatant au passage que les gens contournent cette flaque stagnante, preuve irréfutable de ma vulnérabilité. Je me dirige résolument vers la sortie, espérant sauver mon honneur.

Je traverse la foule. Sur ma gauche, j'aperçois Amélia qui m'attend, tout sourire. Je ne l'avais pas vue depuis des années, mais je la reconnais facilement. Elle est pareille à sa sœur avec ses cheveux aux reflets roux et ses beaux yeux bleus. Elle me gratifie d'une chaleureuse accolade et, encore une fois, je ne peux contenir mes larmes. Enfin, le danger semble définitivement écarté. Qu'ai-je donc à pleurer tout le temps? C'est énervant à la fin. Seul mon jeans, maintenant glacé, me rappelle l'immense tension que j'ai enduré depuis mon départ catastrophique de Mont-réal. Visiblement, Amélia ne sait trop comment réagir.

— Ça ne va pas ? dit-elle gentiment.

— Non, je... je me suis échappée dans mon jeans.

Je cherche une explication plausible à mon incontinence momentanée qui, je l'espère, ne deviendra pas habituelle. Je ne veux surtout pas lui parler de l'affaire du baluchon rose.

— Il y avait trop de monde dans l'avion et je ne pensais pas que ce serait si long avant de récupérer mes bagages.

— Ce n'est pas grave. Va te changer à la salle de toilettes, j'irai chercher la voiture pendant ce temps, ajoute-t-elle.

Derrière elle, se tenant un peu à l'écart, un grand jeune homme attend patiemment la sortie des voyageurs. D'une main, il tient un sac sport qui semble à peu près vide et de l'autre, une rose jaune qui commence déjà à incliner la tête.

○

Je ne me suis sentie parfaitement soulagée que lorsque j'ai quitté l'aéroport dans la petite Twingo blanche d'Amélia. Elle nous a conduites à travers la campagne française jusqu'à l'approche de la grande métropole, puis a emprunté le périphérique. C'est leur boulevard métropolitain, sauf qu'il encercle Paris au lieu de couper la ville en deux. Dans la voiture, Amélia me demande des nouvelles de sa sœur et de toute la famille. Après quarante-cinq minutes, nous sommes arrivées à son appartement. Amélia habite avec son conjoint Didier un petit appartement du quartier latin. Après avoir laissé la voiture dans une cour intérieure, nous empruntons l'ascenseur le plus vétuste que j'aie jamais vu. On le referme à l'aide d'un grillage en laiton. Amélia appuie sur le bouton doré indiquant le 4e étage et la cage à poule se met en branle non sans émettre une série de grincements et de cliquetis fort peu rassurants.

Nous voyons les étages défiler derrière la porte grillagée en une alternance de béton et de portes boisées fermées. Alors que j'essaie d'imaginer l'état des poulies et des cordages auxquels nous sommes suspendues, Amélia m'explique :

— C'est petit, l'appart, mais on a une jolie vue. Et puis, c'est à dix minutes de la fac, alors c'est génial.

— Qu'est-ce qu'il fait, Didier ? demandé-je.

— Actuellement, il travaille à terminer sa thèse de maîtrise en architecture. Il passe de longues heures rivé à l'écran. C'est pourquoi notre petite escapade de quelques jours tombe à pic.

J'en profite pour la remercier.

— T'es vraiment gentille de m'accompagner. Je ne sais pas comment j'aurais fait toute seule.

— Je suis en vacances en ce moment, la session universitaire est terminée. J'en profiterai pour visiter ma copine Hanna, à Vienne. Ça fait plus de deux ans que je l'ai vue.

L'ascenseur a fini par arriver presque malgré lui au quatrième. C'est avec soulagement que je mets les pieds hors de cet habitacle minuscule.

— Es-tu fatiguée ? me demande Amélia alors qu'elle déverrouille l'énorme porte ouvragée.

— Oui, plutôt… mais je ne veux pas dormir tout de suite. Je veux me mettre à votre rythme le plus tôt possible.

— Alors, nous allons manger quelque chose. J'espère que Didier a pensé à préparer le déjeuner.

Un jeune homme châtain aux yeux noisette apparaît soudain devant moi. Tout en terminant de mettre le couvert, il me souhaite la bienvenue gentiment.

— Bonjour Rosalie ! Je suis content de faire ta connaissance enfin après avoir tant entendu parler de toi.

— En bien, j'espère, dis-je un peu intimidée.

150

Nous nous assoyons à table presque immédiatement. Amélia profite de ce moment pour me parler de ce qu'elle a prévu pour la semaine.

— Écoute, Rosalie. Une semaine ce n'est pas long. Combien de temps veux-tu rester en Hongrie ?

— Je ne sais pas, deux ou trois jours devraient suffire.

— Encore un peu de salade ? me demande Didier.

— Oui, merci, dis-je. La personne que je cherche habite Pecsvarad. Selon mon guide, c'est à deux ou trois heures de train de Budapest.

— Bon, renchérit Amélia. Je pense qu'on pourrait quitter Paris mardi soir et revenir ici samedi prochain. Ça te laisserait trois jours entiers en Hongrie. Tu me dis que tu connais quelqu'un là-bas ?

— Pas personnellement, mais c'est la nièce d'un interprète qui habite Montréal. J'ai échangé quelques courriels et j'ai son numéro de téléphone à Budapest.

Le reste de la journée se déroule fort agréablement. Amélia me tient compagnie pendant que son conjoint reste rivé à l'ordinateur.

— C'est génial qu'Aurélie soit toujours enceinte, me dit-elle. J'étais vraiment triste quand j'ai su qu'elle avait perdu son bébé.

— C'est très surprenant cette histoire de jumeaux, non?

— La même chose est arrivée l'année dernière à une voisine du deuxième et aujourd'hui elle a un joli poupon, répond Amélia en guise d'explication.

C'est fou ce qu'elle ressemble à sa sœur. C'est hallucinant! J'ai l'impression de voir Aurélie devant moi, habitant Paris avec un dénommé Didier. Il est vrai que je n'ai pas l'habitude de voir les sœurs ensemble, alors l'effet est encore plus surprenant. J'avais presque oublié qu'Aurélie et sa sœur sont identiques.

Le seul détail qui les différencie, c'est qu'Amélia marche normalement. Il paraît que les jumelles ont été victimes d'un accident d'auto quand elles étaient toutes petites. Depuis ce temps, Aurélie boite car sa jambe droite est plus courte que l'autre. Mais à part cela, elles sont pareilles. Je trouve Amélia cependant plus calme, plus pondérée que sa sœur.

Je me mets à me demander si les choses auraient été différentes si Francis était tombé amoureux d'Amélia. Et puis, comment pouvait-il dire qu'il aimait mieux Aurélie puisqu'elles sont pareilles? Il doit préférer la personnalité plus extravertie de la zoologue, ou bien il n'intéressait pas Amélia, qui a plutôt choisi un universitaire comme conjoint. Chose certaine, c'est étrange de voir deux personnes identiques qui habitent deux continents différents. Je lui demande :

— Et toi, tu en veux des enfants ?

— Bien sûr, mais on attend que Didier ait terminé ses études. Et puis, on n'a pas assez d'espace ici, il faudrait déménager. C'est pas évident d'élever des mômes à Paris, ajoute-t-elle.

Je me couche tôt, car je n'en puis plus de combattre le sommeil. Nous avons planifié une longue journée le lendemain. Sans compter que les émotions du voyage m'ont aussi laissé assez peu d'énergie. Je m'endors donc rapidement en remerciant le ciel d'être assez distraite pour qu'un imbécile comme Bingo n'ait pas réussi à m'empoisonner la vie.

○

Une main énergique me secoue l'épaule dans le but de me tirer d'un profond sommeil. J'entrouvre les yeux avec peine, essayant en vain de me situer dans le temps et l'espace. J'entrevois Aurélie penchée sur moi qui me dit :

— Rosalie, réveille-toi. Francis veut te parler absolument.

— Plus tard, Aurélie, je suis trop fatiguée, marmonné-je en me retournant.

— Ce n'est pas Aurélie, c'est Amélia. Tu es à Paris et Francis t'attend au téléphone.

Là j'ouvre les yeux complètement. C'est vrai, je suis à Paris chez la sœur d'Aurélie. Je me lève un peu hébétée, me demandant ce que Francis a à me dire qui ne peut attendre que je sois remise du décalage horaire. Je prends le combiné et baragouine un salut peu convaincant. Il me répond manifestement énervé.

— Rosalie, est-ce que ça va?

— Bien sûr. Qu'est-ce qu'il y a? dis-je hypocritement.

Se peut-il qu'il soit déjà au courant?

— Il y a que ta photo est dans le journal ce matin. Tu es recherchée pour trafic de stupéfiants!

Je m'étais préparée à tout, sauf à cela. Sentant le serrement familier de ma vessie qui se contracte, je lâche le combiné pour me précipiter aux toilettes. Non seulement ça m'évite de me retrouver dans la même situation qu'hier, mais ça me donne aussi quelques secondes pour réfléchir.

Comment ma photo a-t-elle pu se retrouver entre les mains de la police? Et que dois-je faire à présent si je veux rentrer au pays?

Revenir immédiatement et me prendre un avocat? Ou bien me cacher ici et devenir clandestine en attendant que ne retombe la poussière? Et puis, devrais-je tout raconter à Francis? Non, c'est trop risqué, il irait casser la gueule à Bingo et se retrouverait lui aussi derrière les barreaux ou pire, avec le gang de Bingo sur le dos.

Mon Dieu, dans quel pétrin me suis-je fourrée?

Je reprends le combiné pendant que Francis parle dans le vide.

— Rosalie! Ah, t'es revenue? Qu'est-ce que ça veut dire?

Je décide de jouer les innocentes et prévois de lui expliquer tout à mon retour. En attendant, je dois trouver une façon de le calmer.

— D'abord, es-tu bien certain qu'il s'agisse de moi?

— Sûr, c'est ta photo d'école. Tu m'en avais donné une, au début de l'année. Heureusement, elle n'est pas très ressemblante mais tout de même... Deux kilos d'ecstasy, Rosalie, cachés dans des boîtes de sirop d'érable! Te rends-tu compte?

Avec horreur, je me rappelle avoir laissé la fausse carte du casino dans le vieux porte-monnaie bon marché que j'avais rapporté il y a plusieurs années des chutes du Niagara.

J'y avais rangé les euros donnés par Aurélie avant mon départ. Moi qui pensais que personne ne pouvait me retracer et voilà que je leur laisse ma photo !

Les agents doivent me trouver très peu discrète pour une trafiquante de drogue ! Je continue toutefois à nier et je laisse Francis continuer ses explications pour savoir ce que la police détient exactement comme information.

— Je n'ai transporté aucune drogue, voyons. Me prends-tu pour une imbécile ?

— Alors, il y a une Alexandra Triconi qui essaie de se faire passer pour toi !

C'est plutôt l'inverse, me dis-je. Si Francis savait que je suis entrée au casino grâce à elle ! Il continue, toujours paniqué.

— La drogue a été laissée sur un banc dans un baluchon rose. Tu avais bien un baluchon rose, non ?

Comment ne pas mentir sans toutefois tout lui raconter ? Je pèse donc mes mots de façon à cacher une bonne partie de la vérité. C'est difficile, je suis sérieusement inquiète et Francis est loin d'être un imbécile. Va-t-il gober tout cela ?

— Oui, j'avais un baluchon rose, que j'ai effectivement oublié sur un banc, mais je n'y ai pas mis d'ecstasy ou quoi que ce soit d'autre. Je te le jure !

— Et la carte ? Il paraît qu'elle est fausse, elle aurait été trafiquée selon des méthodes très artisanales.

— Donc tu vois bien qu'ils veulent brouiller les pistes. Ils n'ont arrêté personne à l'aéroport ?

— Non, ils ont cherché Alexandra Triconi sur la liste des passagers, mais elle n'y figurait pas. En se rendant à son domicile, ils ont bien constaté que ce n'est pas d'elle qu'il s'agissait. Maintenant, c'est toi qu'ils recherchent. Ils disent que tu constitues un témoin important dans l'affaire. C'est pas Bingo qui t'a donné ce baluchon, avant ton départ ?

— Bon, écoute, Francis. Calme-toi, s'il te plaît. Je pars dans deux jours pour la Hongrie. Penses-tu vraiment qu'ils vont m'arrêter à Pecsvarad et m'envoyer au goulag ?

— T'as raison, dit-il rassuré. Mais explique-moi ce que cette drogue faisait dans tes bagages à main alors !

— Ils l'ont peut-être mise après, pendant que j'étais partie aux toilettes, je ne sais pas, moi ! dis-je impatiente. L'important, c'est que tout va bien et si ça peut te rassurer, je changerai de look avant le retour. D'accord ?

— OK, mais sois très prudente. Je n'aime pas beaucoup voir la photo de ma sœur dans le journal. Heureusement que maman est partie ! T'imagines la tête qu'elle ferait si elle te voyait partager une page du *Hebdo Police* avec des Hells et autres bandits !

— Bon, je te promets d'être prudente. On verra peut-être plus clair à mon retour.

— D'ailleurs, Bingo est venu hier soir. Il voulait ton adresse à Paris. Je me demande vraiment s'il n'a pas quelque chose à voir là-dedans, rajoute Francis suspicieux.

Les cheveux me dressent sur la tête. Là, j'ai réellement peur que mon cauchemar ne fasse que commencer. Pourvu que Francis ait été assez intelligent pour se taire.

— Mon adresse ? Lui as-tu donnée ?

— Mais si, répond Francis avec désinvolture. Il m'a dit qu'il voulait te faire livrer des roses jaunes pour célébrer ton arrivée. Quelle délicatesse de sa part !

13

Le ventre de Paris

Voici la typique histoire de l'arroseur arrosé. Pendant des semaines, j'ai essayé en vain de convaincre mon frère des bonnes intentions de Bingo. Je lui ai servi des discours enflammés sur le respect des minorités, le racisme, la tolérance et toutes les belles vertus qu'on m'inculque depuis mon enfance. Francis me décevait profondément avec son attitude suspicieuse et j'étais convaincue qu'il n'aimait pas Bingo uniquement à cause de son origine ethnique.

— Avoue que tu te méfies de lui parce qu'il est Noir ! lui avais-je crié par la tête.

Il m'avait répondu exactement sur le même ton :

— Et Sandrine, elle est de quelle couleur ? Mauve ? Orange ? Elle est exactement de la

159

même couleur que ton imbécile de chum, figure-toi, et je l'adore, Sandrine. C'est l'amie la plus extraordinaire que tu pouvais rencontrer.

— Alors, tu vois bien que les Noirs sont corrects, avais-je répondu.

— Ce n'est pas parce que Bingo est Noir que c'est un bon gars ou un mauvais gars. Ça n'a rien à voir avec la couleur de sa peau, de ses yeux ou de ses culottes !

— C'est quoi alors ? Tu te penses obligé de surveiller mes fréquentations parce que t'es mon frère ? Ou t'es jaloux parce qu'il a une plus belle voiture que toi ?

— Tu ne comprends rien, Rosalie. C'est évident que ce gars-là mène des activités criminelles. Pas besoin d'avoir un doctorat en criminologie pour le deviner. Juste à le voir, n'importe quel juge pourrait le condamner à six mois de prison ! Et toi, tu deviens amoureuse de lui !

— Bon, laisse faire, Francis. Tu ne comprends rien !

J'avais décidé de ne pas argumenter davantage convaincue qu'il était de mauvaise foi. Au fond, il me semblait animé de préjugés racistes qu'il n'avouerait jamais, surtout lui qui a déjà été victime de discrimination à cause de ses origines latines.

160

Moi, j'avais décidé de poursuivre ma relation avec ce type envers et contre tous. Je prouverais à tout le monde que, malgré les apparences, Bingo est un gars tout à fait correct. Et que c'est bien joli les beaux discours sur l'égalité des races et la lutte aux préjugés, mais que l'important est de mettre ces évidences en pratique.

Mais ça, c'était mon opinion du mois passé. Depuis, il y a eu l'affaire du sirop d'érable amélioré... Et maintenant, je dois affronter la tempête et admettre que j'ai eu tort de me fier aveuglément à quelqu'un que je connaissais à peine. Maintenant, la situation s'est retournée contre moi. Je reçois de l'eau glacée en plein visage comme dans le film de Chaplin.

Francis est toujours au bout du fil, attendant ma réaction. Tout ce que je tiens à lui dire, c'est :

— Francis, je ne veux plus voir Bingo. Lui as-tu vraiment donné l'adresse d'Amélia ?

À mon grand soulagement, il me répond :

— Bien non ! Je me suis toujours méfié de ce gars-là. Tu sais bien que je ne lui aurais jamais facilité la tâche... Bon, alors je suis plus rassuré de voir qu'il y a sûrement une erreur. Nous tâcherons d'y voir clair la semaine prochaine. En attendant, je vais aller acheter tous les journaux qui restent dans le quartier et je ferai un gros feu, question que cette stupide histoire disparaisse en fumée !

Cet appel m'a sérieusement ébranlée. La drogue a été confisquée par ma faute. Grégory n'a pas reçu la marchandise et donc Bingo ne sera jamais payé. Je suis responsable de l'échec de la transaction et maintenant, on m'en veut sur deux continents… Aussi bien m'expatrier en Australie et chercher la protection de Crocodile Dundee !

J'en suis à me demander combien peuvent valoir deux kilos d'ecstasy… Vingt mille, deux cent mille ou deux millions de dollars ? Aucune idée. Heureusement, Amélia m'extirpe de mes rêveries en disant :

— Dis donc, je ne le croyais pas si bavard, ton frère. Ça va coûter une fortune en outre-mer… Alors qu'est-ce qu'on fait aujourd'hui ?

○

Heureusement, la visite de la capitale de la France m'oblige à penser à autre chose. Comme sociologue, Amélia ne peut s'empêcher de dresser un portrait historique de Paris. Nous entrons dans le métro alors qu'elle m'explique :

— Paris existe depuis la nuit des temps. Une île sur la Seine à la croisée des chemins

162

fut tout d'abord le port d'attache d'une tribu, les Parisii qui s'y sont sédentarisés. Pendant l'occupation de la Gaule, les Romains baptisèrent l'endroit Lutèce.

— Ah oui, c'est ainsi qu'on nomme la ville dans Astérix, dis-je contente de pouvoir mettre mon grain de sel, si discret soit-il.

— Au cours du Moyen Âge, les Francs ont commencé à l'appeler Paris, simplement. Puis, vers la fin du Xe siècle, Hugues Capet devint roi de France et fit de Paris la capitale de son royaume, conclut-elle.

Une voix feutrée et mécanisée annonce la station dans laquelle le train s'engouffre.

— Châtelet-Les Halles.

— On monte dans un autre train ici, m'explique Amélia en quittant le wagon.

Je ne me suis jamais vraiment intéressée à l'histoire de la France ni à l'histoire en général. Cependant, depuis que je déambule au cœur de cette cité splendide et si ancienne, je comprends qu'il est impossible d'apprécier vraiment toute la beauté de son architecture sans en comprendre l'histoire.

Les stations de métro ont continué à défiler : Saint-Michel, Musée d'Orsay, Invalides. Une toponymie qui évoque en moi toutes sortes d'images encore méconnues alors qu'on se dirige vers la mythique tour Eiffel.

— Champ-de-Mars! annonce soudainement la dame virtuelle dont le Tout-Paris connaît la voix.

— C'est ici! me dit Amélia, excitée. Tu sais que la dernière fois que j'ai escaladé la Tour, je devais avoir sept ou huit ans. Aurélie avait échappé sa glace du haut de je ne sais quel étage.

— C'est bien elle, dis-je amusée.

— La boule aux fraises était allée s'écraser sur le sol, tout juste aux pieds d'un touriste japonais, continue-t-elle.

○

Pendant deux jours entiers, j'ai laissé Amélia me guider parmi les incontournables de la Ville lumière. Mes pieds endoloris me rappellent que je n'ai pas l'habitude de parcourir ainsi des kilomètres en marchant. Quant à mon crâne, il menace d'éclater d'un moment à l'autre sous la pression générée par toutes ces informations nouvelles qu'il tente de contenir.

Amélia m'a expliqué plein de trucs et raconté toutes sortes d'anecdotes qui ont coloré mes visites.

Par exemple, il paraît que les égouts de Paris ont servi pendant des décennies à l'acheminement de documents grâce à un système de tuyaux et d'air comprimé. Aussi, une bonne partie de la population parisienne jugeait le projet de la tour Eiffel tout à fait grotesque lorsqu'il a été présenté en vue de l'exposition universelle de 1889. Des écrivains et autres artistes célèbres tels que Maupassant, Dumas et Gounod ont condamné l'érection de «ce monstrueux squelette géant et inutile» au cœur de la ville. C'est vrai que pour l'époque, cette architecture résolument moderne contrastait drôlement avec le reste des édifices de style plutôt classique. De nos jours, on imaginerait mal Paris sans ce symbole qui transcende les toitures en un heureux amalgame d'art et de technique.

Hier après-midi, nous nous sommes dirigées vers l'île de la Cité non sans avoir traversé le jardin des Tuileries. Puis nous avons reculé dans le temps, au XIVe siècle, pour escalader l'incroyable cathédrale Notre-Dame. Il me semblait entendre résonner à mes oreilles les cloches énormes, imaginant Quasimodo apparaître derrière une gargouille cornue tirant la langue 30 mètres au-dessus du parvis.

Puis nous nous sommes baladées le long des quais de la Seine où des bouquinistes offrent des livres usagés aux passants. Ensuite, on s'est régalées dans un excellent bistro. Finalement, nous sommes rentrées à l'appart complètement fourbues.

Trois jours sont passés depuis mon arrivée en France et je me rends compte de tout ce qui me reste à découvrir. Nous venons de rentrer après une virée mémorable aux quatre coins de cette capitale fascinante. Le téléphone sonne alors que je m'apprête à aller me doucher. Didier me tend le récepteur.

— C'est Francis, me dit-il, ça fait deux fois qu'il appelle.

Encore! me dis-je un peu agacée. Va-t-il me suivre ainsi à la trace pendant toute la semaine?

— Allô Rosalie? As-tu passé une bonne journée?

— Oui, j'ai pris plein de photos. C'est fou tout ce qu'il y a à visiter ici. Il faudrait qu'on revienne un jour ensemble.

— Ça ne sera pas pour tout de suite, avec le bébé et tout… Je t'avais dit d'attendre en juillet. Tu aurais pu rester plus longtemps.

— Je sais, mais là Amélia est en vacances, et le prix du billet était plus abordable aussi. Et puis, j'avais hâte d'éclaircir tout cela. De toute façon, il est trop tard pour changer la date, pas vrai?

— Qu'as-tu visité aujourd'hui? demande-t-il curieux.

— On est allées à la Défense. C'est un immense bâtiment en forme de carré vide au milieu.

— Vide ?

— Oui, c'est difficile à expliquer. L'édifice est aligné avec l'Arc de Triomphe, les Champs-Élysées et la place de la Concorde. Et puis, au retour, on est allées au cimetière du Père-Lachaise.

— Quelqu'un est mort ? demande Francis intrigué.

— Oui, tout plein de gens célèbres, comme Jim Morrison, mais aussi Balzac, La Fontaine, Molière et Chopin.

— Bon et bien, tant mieux, je vois que tu sais t'amuser !

— Ah oui, et hier après-midi, on a visité les égouts de Paris, rajouté-je pour le surprendre encore plus.

— Décidément, tu as du goût pour choisir tes activités.

Je l'interromps, curieuse de savoir s'il y a de nouveaux développements.

— Est-ce que les journaux parlent encore de l'affaire du baluchon rose ?

— Pas vraiment. Bingo ne lâche pas le morceau, il veut absolument obtenir tes coordonnées. T'es sûre qu'il n'est pas en manque de sirop d'érable ? Je suis à la veille de l'emmener à la cabane à sucre, dit-il à la blague.

167

— Ne lui donne pas l'adresse d'Amélia, surtout, dis-je d'un ton ferme.

— N'aie crainte, je lui ai dit que j'appellerai la police s'il essaie encore de te joindre.

— Et ma photo ?

— Rien de nouveau à ce sujet. Par contre, j'ai vu la voiture grise. Ne t'inquiète pas trop, il s'agit d'une femme. Elle attend probablement quelqu'un qui descend à l'arrêt d'autobus. Je me suis tout de même approché, mais elle a démarré.

— La prochaine fois, dis-lui de décamper. Qu'elle aille attendre ailleurs que devant chez moi.

— Cesse de t'en faire avec ça. Allons, profite plutôt de ton voyage et continue de visiter des trucs agréables. As-tu essayé le dépotoir ? Ou la morgue ? Il paraît qu'ils ont des macchabées célèbres à Paris, rajoute-t-il en blaguant.

— Arrête, Francis. Va t'occuper de ta blonde à la place, puis raccroche, ça va te coûter une fortune. Je te donnerai des nouvelles moi-même dans quelques jours. Demain, on part pour la Hongrie.

— OK, sois prudente et bonne chance dans tes démarches.

Je raccroche en colère. Bingo appelle Francis tous les jours depuis mon départ. Il pourrait au moins avoir la décence de s'évaporer dans la nature, cet imbécile. Il a bien dû voir ma photo dans le journal, pourtant, et comprendre que Francis fera sans doute le lien…

Mais il est trop centré sur sa petite personne et l'argent que nécessite son train de vie. Je lui ai fait perdre la face en faisant échouer la transaction. Je l'ai fait passer pour un minus aux yeux des membres de son gang et il n'arrive pas à le digérer. De toute façon, il a ce qu'il mérite. Il est temps que les autres s'en aperçoivent. J'espère qu'il se fera arrêter et qu'il passera quelques mois à l'ombre, à l'hôtel Bordeaux, en formule tout inclus.

Et dire que je me plaisais à le considérer comme mon copain, cette vermine ! Encore heureux que je n'aie jamais été vraiment amoureuse de lui car, dans ce cas, jamais je n'aurais survécu à l'épreuve qu'il me fait si injustement subir. Il ne se passe pas une heure sans que je songe au fait que ma photo s'est retrouvée dans les journaux montréalais sous la rubrique « Recherché ». Je suis surprise que personne ne semble m'avoir dénoncée. Peut-être que les gens qui me connaissent savent qu'il ne peut pas s'agir de moi. Enfin, je l'espère.

J'ai honte quand je songe aux personnes qui vont me prendre pour une criminelle si elles me reconnaissent sur la photo. Que va-t-on penser de moi maintenant ? À l'école, à l'aréna ? C'est très dur de traîner partout où l'on va cet affreux sentiment de honte. Surtout quand on n'est coupable de rien. De rien d'autre que d'avoir aveuglément fait confiance à un imbécile. Une crapule qui a raflé la tranquillité bénie de ma conscience, à tout jamais.

Quand j'avais dix ou onze ans, ma mère m'a fait comprendre à quel point une réputation perdue est difficile, sinon impossible, à récupérer. Elle m'a raconté l'histoire d'une paysanne qui avait éventré un oreiller de plumes au milieu d'un champ. Puis, elle avait demandé à ses enfants de récupérer toutes les plumes et de les remettre dans l'enveloppe de coton. Après quelques minutes à essayer de rassembler le duvet qui s'éparpillait de plus belle au gré de la brise, les jeunes ont jeté la serviette. Ils n'avaient pu récupérer que le dixième de la bourre originale. C'est ainsi qu'ils avaient compris que lorsqu'on laisse échapper des informations nous concernant, que celles-ci soient vraies ou fausses, elles s'impriment dans la mémoire collective. À partir de ce moment, il est très difficile de les en effacer.

Je vais donc devoir affronter la situation dès mon retour à Montréal. Tout mon entourage sera au courant de cette malencontreuse histoire de drogue. Il faudra leur expliquer que j'ai fait confiance à quelqu'un qui ne le méritait pas. Plus j'y pense, plus je m'aperçois que je paie très cher mon entêtement à fréquenter quelqu'un de malhonnête.

De surcroît, je n'ai aucune excuse. Francis m'avait pourtant bien dit de me méfier de ce gars. Et voilà que je vais me jeter directement dans la gueule du loup.

Dire que je l'ai embrassé! Encore une chance que je n'aie rien fait d'autre avec lui! Déjà qu'il a abusé de ma confiance, de ma jeunesse et de ma naïveté. J'espère qu'avec le temps j'arriverai à oublier le goût de ses baisers car pour l'instant, chaque fois que j'y pense, ça me donne la nausée.

14

À Vienne
que pourra

Ces quelques jours m'ont permis de découvrir une Amélia fort différente de celle que j'imaginais. Elle fait preuve de beaucoup de calme et ses commentaires sont toujours pertinents.

Aussi, elle s'intéresse aux autres, à leur façon d'entrevoir l'avenir. Elle pose un regard éclairé sur les peuples et leur histoire sans pour autant porter de jugement. J'ai énormément appris en l'écoutant parler des endroits stupéfiants que nous avons visités toutes les deux. Un jour, j'aimerais bien lui ressembler. Je serais heureuse de posséder ne serait-ce que le quart de ses connaissances.

Bref, je m'entends fort bien avec elle. Je ne pense pas que j'aurais été aussi heureuse en compagnie d'Aurélie. Quoique, objectivement, je n'aie pas de reproche à lui faire. Elle est un tant soit peu énervée, d'accord, mais j'admets qu'elle se fend en quatre pour me faire plaisir. Malgré cela, elle me tape sur les nerfs.

Nous avons pris le train pour Vienne tôt hier matin. Par la fenêtre du wagon, je vois défiler la campagne autrichienne. Ses hameaux minuscules, recroquevillés dans des vallons dorés sous le soleil semblent garder précieusement leurs secrets. Les maisonnettes blanches ou jaune ocre se côtoient comme des commères réunies autour de l'immense courtepointe que forme le quadrillage des cultures.

J'observe ces paysages à travers l'ouverture rectangulaire de la fenêtre du compartiment. Ça me fait l'effet d'une interminable bande dessinée où les nuages dodus, suspendus en haut de la case, font office de phylactères muets.

— À quoi penses-tu? me demande Amélia intriguée par mon long silence.

J'ai envie de répondre «à rien» simplement ou bien «à tout», ce qui serait nettement plus compliqué. Je choisis l'option intermédiaire, la plus évasive, celle qui permet l'interprétation au gré des humeurs.

— Bof, à beaucoup de choses, rien d'important, dis-je en gardant les yeux rivés sur la bande dessinée.

Puis, je rajoute, audacieuse :

— T'es pas comme ta sœur.

Amélia éclate de rire.

— Ça me fait plaisir d'entendre cela ! J'ai plutôt l'habitude qu'on me fasse remarquer notre similitude. Tu sais, elle t'aime beaucoup, Aurélie...

On dirait qu'elle a deviné mes pensées. J'étais justement en train de me dire que j'aurais mieux aimé que ce soit Amélia qui habite en haut de chez moi, avec mon frère. Je suis sûre qu'elle s'en doute, sa perspicacité n'a d'égale que mon manque de tact. J'ajoute :

— Oh, elle est gentille aussi, mais t'es plus... calme.

— Et surtout, je ne suis pas amoureuse de Francis, rajoute-t-elle narquoise en croquant un triangle de Toblerone. En veux-tu ? me demande-t-elle pour faire diversion.

La douceur du chocolat qui fond sur mon palais me procure aussitôt un sentiment de bien-être. Je savoure ces ondées généreuses de saveur en réfléchissant à la suite de la conversation. Ou bien je me confie à elle et exprime verbalement tout ce que je refoule depuis l'arrivée de sa sœur dans ma vie. Ou bien, je la remercie pour le chocolat et j'en profite pour changer de sujet.

Devant mon hésitation, Amélia m'ouvre toute grande la porte qu'elle venait d'entrebâiller.

— C'est normal, tu sais, d'être un peu jalouse.

— Jalouse, moi? Mon premier réflexe est de nier une réalité probablement très évidente puisqu'on la découvre même à 5000 km de chez moi. Amélia continue, encouragée par un second triangle de chocolat qu'elle engloutit entre deux phrases.

— Tu as toujours eu Francis pour toi toute seule, et il est plus qu'un grand frère comme les autres pour toi, c'est évident!

— C'est sûr, dis-je. Je suis adoptée!

— Justement, le lien qui t'unit à Francis est peut-être plus fort qu'un simple amour fraternel. N'oublie pas que c'est lui qui le premier a souhaité ton adoption et qui t'a fait entrer dans sa vie. Il ne s'agit pas d'une décision autonome de tes parents, comme c'est le cas d'habitude dans les familles ordinaires qui souhaitent adopter.

L'analyse d'Amélia me laisse perplexe. A priori, j'ai le goût de tout nier, en bloc. Je n'aurais qu'à dire: «Foutaise! Ça ne tient pas debout ses théories de psy à la sauce tragédie grecque. » Cependant, force m'est d'admettre qu'elle n'a pas tout à fait tort.

Je me suis souvent préoccupée du fait que j'aime trop Francis. Est-ce normal d'aimer un grand frère à ce point ? De voir en lui un être presque parfait malgré tous ses défauts, allant même jusqu'à le trouver beau ? Comment savoir ? Je n'ai pas d'autres frères, j'aurais pu comparer... et puis, le fait qu'on ne soit pas du même sang vient peut-être brouiller les cartes...

Je me rends bien compte qu'il est inutile de nier l'évidence, nier ce que j'essaie de camoufler depuis toujours. J'aime trop mon frère qui ne l'est pas pour vrai. Et c'est sûrement pour cette raison qu'Aurélie me tape autant sur les nerfs et que je n'ai jamais véritablement pu aimer un gars de mon âge.

Je finis par répondre, d'un ton évasif :

— C'est vrai que Francis est vraiment très important pour moi. Je suppose que c'est parce que lui et Enrique m'ont sauvé la vie et qu'il s'est occupé de moi alors que je n'avais plus personne.

— Oui, mais maintenant tu dois comprendre qu'il aime une femme. Ça ne veut pas dire qu'il t'aime moins qu'avant. C'est juste que tu dois accepter de le partager.

Le contrôleur entre dans le compartiment alors qu'Amélia termine sa phrase. Il vérifie encore une fois nos billets et nous annonce que nous arrivons à Vienne incessamment. Le paysage a changé, d'ailleurs. Les jolis villages ont cédé la place à des édifices à logements défigurés par la monotonie de leur architecture. L'intervention du contrôleur a mis fin abruptement à notre discussion. Ce qui me convient, car j'ai besoin de temps pour digérer ce qu'Amélia veut me faire comprendre. Et puis, nous arrivons dans une nouvelle capitale et nous approchons dangereusement du terme de notre voyage. Je commence à avoir très hâte d'arriver en Hongrie.

Nous descendons donc du train au nom légendaire qui m'a fait parcourir la moitié de l'Europe. Ce trajet, rythmé par les arrêts en gare, m'a donné la chance de réfléchir. Ici, pas de télé, ni ordinateur, ni téléphone, ni école ou travaux scolaires. Rien pour nuire à cette rencontre avec moi-même. La présence d'Amélia, par ses observations et ses commentaires pertinents m'ont forcée à faire le point sur les trois aspects de mon existence qui s'avèrent réellement importants. D'abord, le mystère entourant ma famille biologique, ensuite les liens puissants qui m'attachent à mon frère et, pour finir, cette tuile qui m'est tombée dessus à l'aéroport.

Bref, j'ai eu amplement matière à meubler les longues heures à bord de l'Orient-Express et j'avoue qu'il n'y a rien de tel pour mettre un peu d'ordre dans les événements et sentiments qui façonnent mon existence.

Amélia ne dit plus rien. Elle joue avec la boîte triangulaire du chocolat, l'inclinant de gauche à droite de façon que les morceaux qui restent à l'intérieur se déplacent d'un bout à l'autre. Le train finit par s'immobiliser avec un grincement strident. Nous rangeons nos affaires et descendons sur le quai. Amélia remorque sa valise à roulettes et cherche la sortie de la gare. « Ausgang » lit-elle sur l'écriteau.

— C'est par là, montre-t-elle avec la boîte jaune de chocolat.

Et c'est ainsi qu'on débarque dans cette importante capitale artistique que je n'aurai malheureusement pas le temps de visiter. C'est dommage, car cette grande ville avec ses artères animées et ses vitrines rutilantes me semble fort attrayante. Nous nous assoyons à la table ronde et invitante d'une terrasse en plein air pour y prendre un café. C'est le milieu de l'après-midi, il est encore tôt pour le repas du soir. Amélia et moi optons alors pour une pâtisserie, incontournable dans cette capitale du luxe et de la gourmandise.

Pendant qu'Amélia se rend à une cabine téléphonique pour signaler son arrivée à sa copine, je commande, sans trop savoir de quoi il s'agit, une Spanishe Wind Torte. Ma compagne avait déjà passé sa commande auprès du garçon. Elle avait opté pour la célèbre Sachertorte, un gâteau raffiné dont la surface chocolatée et lisse comme un étang fait miroiter les délices les plus somptueux de la confiserie viennoise.

Le serveur m'apporte mon dessert au nom mystérieux : une meringue finement ornée et farcie de crème chantilly teintée de rose par le nectar des framboises qui y flottent. La légèreté de la meringue alliée à la douceur de la crème fouettée offre à mon palais une caresse des plus sensuelles.

— C'est doux comme le vent d'Espagne, m'explique le garçon dans un français impeccable, mais teinté de l'intonation germanique quelque peu hachurée. C'est ce que signifie le nom de cette pâtisserie.

Amélia revient du coin de la rue en refermant son calepin d'adresse. J'ai encore la bouche pleine de ce dessert divin lorsqu'elle me dit, visiblement contrariée :

— Hanna n'est pas là.

— Comment cela ? Elle devait t'attendre, non ? dis-je en essuyant les fragments de meringue tombés sur la nappe.

— Son mari m'a expliqué qu'elle a été appelée d'urgence vers Innsbruck. La firme d'ingénieur pour laquelle elle travaille y a construit des condominiums à flanc de montagne. Toute une unité menace de s'effondrer.

— C'est grave !

— Assez, oui. Elle m'a appelée avant de partir mais nous avions déjà quitté Paris, ajoute-t-elle en entamant son gâteau.

— Elle revient quand ?

— Pas avant trois ou quatre jours. Je pense que je vais t'accompagner en Hongrie si tu n'y vois pas d'inconvénient. Je rendrai visite à Hanna au retour et puis sinon, tant pis !

Je suis contente, vraiment, qu'elle vienne avec moi. Je me sens plus en sécurité quand elle est là. Elle a beaucoup plus d'expérience que moi en voyage.

— Bien sûr ! lui dis-je emballée. Espérons cependant que mon interprète ne me posera pas un lapin elle aussi ! On va avoir besoin d'un bon dictionnaire.

— Mmm… que c'est bon, dit-elle en guise de réponse… Et toi, qu'est-ce que tu as choisi ?

— Un gâteau au vent d'Espagne.

— En tout cas, le prix n'a rien à voir avec le vent, répond-elle en constatant le montant exorbitant de cette collation.

— T'en fais pas, dis-je. Il paraît qu'en Hongrie les prix sont très abordables.

— Oui, c'est ainsi dans les anciens pays communistes. Les salaires sont moins élevés qu'à l'ouest, les denrées sont donc moins chères, en général.

— Tant mieux, car à ce rythme, nous allons défoncer notre budget en deux jours, rajouté-je en fouillant dans mon porte-monnaie pour payer ma part.

Amélia me propose de retourner à la gare prendre le prochain train pour Budapest. On devrait se rendre tout de suite en Hongrie pour éviter de payer une nuit d'hôtel à Vienne.

— Si le prix des chambres est à l'image du menu du café, une nuit à l'hôtel coûtera aussi cher que notre séjour entier en Hongrie !

Elle a raison, aussi bien y aller maintenant. Ce faisant, nous traversons de jolis parcs où gloussent des pigeons attirés par le pain que leur jettent de vieilles dames. Chaque coin de verdure est orné d'une fontaine surplombée d'une sculpture baroque. On croise aussi de nombreux compositeurs classiques, figés à jamais dans le marbre blanc, le regard morne fixant l'horizon, les pieds posés sur une plaque commémorative. Vienne s'est construite au son des symphonies. Les arbres y ont grandi abreuvés à même les crescendo des concertos, ses pavés se sont usés, malmenés par les finales triomphales des opéras. Des amoureux se sont unis enveloppés par l'intimité sonore des menuets de Mozart ou les valses de Strauss alors que d'autres se sont laissés au gré des tonnerres de Wagner.

— J'aime bien l'Autriche, dit Amélia en s'assoyant sur un banc de pierre. Tout y est propre et rangé, même en pleine ville.

Il est vrai qu'on n'aurait pas idée de jeter quoi que ce soit par terre, ici, ne serait-ce qu'une allumette. Manifestement, les Autrichiens prennent soin de leur environnement.

— Ils ont pourtant la réputation d'être les plus bohèmes des Germaniques, me dit Amélia. Leur pays est fort agréable, j'aimerais y revenir un jour.

— Chose certaine, cette ville est splendide, dis-je conquise. Rien n'a été laissé au hasard.

— Je crois que ce mot n'existe tout simplement pas en allemand, précise Amélia, amusée. Puis, elle se lève pour reprendre le trajet vers la gare. Allons voir s'il n'y a pas un train pour Budapest par hasard !

15

Budapest

Le train vient tout juste de nous déposer sur le quai de la gare que déjà je me mets en quête d'une cabine téléphonique. Amélia s'est occupée de tout depuis mon arrivée en Europe. Maintenant que nous nous trouvons en sol hongrois, je décide de prendre les opérations en main. Après tout, Amélia ne connaît pas la Hongrie plus que moi. Quant à la langue, elle a beau essayer de chercher des similitudes avec le français, l'anglais et même l'allemand qu'elle a étudié, c'est peine perdue !

Je signale les numéros le cœur battant. Que faire si Gyöngyi n'est pas là ? Comment vais-je me faire comprendre… je ne sais même pas comment prononcer son prénom convenablement. Enfin, quelqu'un décroche. Une vois grave me dit :

— *Hâlôôô !*

Je tente ma chance en anglais.

— *Euh… Is Gyöngyithere ?*

— Gyöngyi ? dit l'homme en corrigeant mon accent.

— Euh, *yes.*

— *Varia egy Kici.*[1]

Je me tourne vers Amélia qui attend à proximité de la cabine.

— Je pense qu'elle est là, lui dis-je rassurée.

Une jeune femme prend alors le combiné et s'adresse à moi directement en anglais.

— *Yes ? How can I help you ?*

— *Hello, I'm Rosalie, from Montreal.*

— *Oh yes, I was waiting for your call.* Vous parlez français ? me demande-t-elle en hésitant.

— Oui, oui, dis-je contente. Vous aussi ?

— Oui, un peu. J'étudie le langue à l'université, mais je parler mieux anglais.

— Non ! Vous parlez très bien, au contraire, dis-je, pour l'encourager. Mon amie et moi sommes à la gare Nyugati. Est-ce qu'on peut se voir pour discuter ?

---

1. Attendez un peu.

— Je arrive dans 20 minutes. J'ai un voiture Lada blanche très vieux. J'attends rue Rudas Laszlo.

Je note ses indications sur le bout de papier où apparaît son numéro de téléphone, puis je raccroche après l'avoir saluée.

— Elle parle français aussi, dis-je à Amélia. C'est génial, non?

— J'ai entendu, répond-elle. Tant mieux, ça va être plus simple ainsi. Je n'avais pas très envie de me retrouver à la tour de Babel…

— Encore une tour à escalader? dis-je candidement.

Amélia éclate de rire:

— Il s'agit d'un récit biblique, une tour que les fils de Noé voulaient ériger à Babylone pour rejoindre le ciel. Personne ne s'y comprenait à cause de toutes les langues parlées par les bâtisseurs. Dieu lui-même se serait servi de toute cette confusion pour l'anéantir.

— Ah, dis-je peu intéressée à son récit antédiluvien. Eh bien, Babel ou pas, on a rendez-vous rue Rudas Laszlo. Essayons de sortir par la bonne porte.

Gyöngyi est arrivée un quart d'heure plus tard dans une petite voiture, très carrée. D'énormes taches de rouille ont découpé les ailes et les bordures du capot, laissant çà et là entrevoir le squelette métallique de l'automobile.

Amélia m'explique pendant que notre interprète s'ingénie à stationner en parallèle entre deux taxis :

— C'est une voiture soviétique de l'époque communiste. C'était un des rares modèles disponibles avant la chute du régime. Celle-ci doit avoir presque 20 ans.

Gyöngyi a terminé ses manœuvres et apparaît enfin sur le trottoir. Elle nous salue gentiment et ouvre le coffre arrière afin qu'on y mette les bagages. Je peux apercevoir la chaussée par des trous béants qui parsèment le fond du coffre. À peine les présentations terminées, Gyöngyi nous invite chez elle.

— Ma mère préparer un repas pour vous. Elle contente de vous voir.

Nous acceptons d'emblée, trop heureuses de se sentir si bien accueillies. Je suis tout de même un peu intimidée de me retrouver ainsi entre les mains d'une parfaite inconnue, qui, de surcroît, m'emmène dans sa famille. J'imagine déjà sa mère, lourde paysanne maniant une cuillère de bois au-dessus d'un énorme chaudron fumant.

Gyöngyi démarre dans un bruit de ferraille inquiétant. Comme si elle avait deviné notre malaise, elle essaie de nous rassurer en expliquant :

— La voiture est vieille, mais mon père toujours réparé. Vous avez hôtel ?

188

— Non, pas encore. On pensait aller à l'auberge de jeunesse.

— Non, non, répond-elle décidée. La voisine a chambre pour vous, pas cher.

Je jette un coup d'œil par-dessus mon épaule pour consulter Amélia du regard. Celle-ci ne semble pas avoir entendu les propos de la conductrice. Ses yeux sont rivés sur les édifices de cette ville qu'elle visite, elle aussi, pour la première fois. J'accepte donc la proposition, sans trop savoir à quoi m'attendre. Je n'aime guère d'habitude me sentir ainsi piégée, mais en même temps, j'estime qu'il sera plus simple d'organiser nos déplacements si nous habitons tout près de notre interprète.

Elle immobilise sa voiture à une intersection. J'en profite pour l'observer discrètement. Elle paraît au début de la vingtaine. De taille moyenne, les cheveux châtains mi-longs, elle n'est ni grosse ni mince. Ses yeux clairs, trop grands, surplombent un nez légèrement busqué. Sa bouche aux lèvres minces laisse paraître de belles dents bien droites. Somme toute, c'est le genre de fille qui passe sûrement inaperçue dans une fête à l'université. Malgré un physique très ordinaire, elle manifeste beaucoup d'entregent. Son intérêt pour les langues est manifeste. En plus du hongrois et de l'allemand, elle connaît bien l'anglais et étudie le français depuis un an seulement. Elle souhaite travailler dans le domaine du commerce international, m'a-t-elle expliqué en empruntant un boulevard qui longe le Danube.

En face, l'autre rive du fleuve nous laisse voir des collines verdoyantes parsemées de résidences. Gyöngyi pointe dans cette direction, m'expliquant qu'elle habite ce quartier.

— Ici, c'est Pest, le quartier des commerces. Là-bas, c'est Buda, dans la montagne. Maintenant nous traversons le Danube. Ce pont est le Lanchid, qui veut dire le pont des...

Elle hésite, cherchant le mot juste. Elle finit par le dire en anglais :

— *Chains*.

— Ah oui, chaînes, dis-je.

Nous empruntons en effet un pont suspendu par deux chaînes énormes dont les maillons sont de longueur comparable à une petite voiture. À la sortie du pont, un rond-point nous mène dans un tunnel qui s'enfonce sous la montagne. Un soleil d'été m'éblouit à la sortie. Après quelques secondes, mes yeux s'habituent de nouveau à la clarté. Sur la droite, un long mur fortifié accompagne le large boulevard sur lequel nous circulons.

— Citadelle de Budapest, explique Gyöngyi.

Quelle vue magnifique ! Le Danube coule en contrebas tel un immense corridor argenté menant à d'autres contrées éloignées. Sur la rive opposée, un imposant édifice néogothique semble monter la garde.

— C'est l'édifice du *parliment*, ajoute notre interprète, déformant légèrement le mot.

Elle stationne finalement devant une résidence cossue. La villa est entourée d'un grand jardin échevelé où la végétation s'en donne à cœur joie. Celui-ci est ceinturé d'une clôture en fer forgé. Çà et là, des grappes de lilas émergent de la dentelle de fer, nous souhaitant la bienvenue de leur parfum délicat.

— Ce quartier s'appelle Pasaret, explique Gyöngyi. La maison est pour deux familles. Vous dormir à côté.

Les parents de la jeune femme sont accueillants. Dès notre arrivée, ils nous servent un mets au poulet, généreusement assaisonné de paprika. Il n'y a que leur énorme berger allemand qui fait ombrage à leur convivialité. Il me fait peur en poussant des grognements suspects dès que je passe à proximité. Tout en le flattant, Gyöngyi essaie vainement de me rassurer en m'expliquant que son mastodonte est très gentil.

Le repas se déroule néanmoins dans la bonne humeur, le couple d'âge mûr étant très heureux de nous questionner sur nos pays respectifs, ce qui met les talents d'interprète de Gyöngyi à rude épreuve. Le dictionnaire venant parfois à la rescousse, nous finissons tout de même par nous comprendre relativement bien. Cependant, je passe à un cheveu de m'étrangler en avalant d'un trait le contenu du petit verre à l'allure pourtant inoffensive que me verse le monsieur.

— C'est le *palinka*, m'explique Gyöngyi. Alcool de fruits. Mon père le fabrique lui-même avec abricots.

En tout cas, je ne risque pas d'attraper un quelconque microbe communiste si je passe la semaine à ingurgiter ce genre d'élixir au vitriol, me dis-je pendant que le monsieur insiste pour remplir mon verre à nouveau. Amélia vient à mon secours prétextant qu'il est l'heure d'aller porter nos bagages chez les voisins avant qu'il ne soit trop tard.

Ensuite, Gyöngyi nous amène en ville où nous nous promenons sur la rue Vaci, une artère commerciale fort achalandée. J'en profite pour acheter quelques souvenirs et goûter des confiseries locales. Puis, nous retournons dormir chez la voisine, une solide quinquagénaire nommée Terike qui nous raconte qu'elle est conductrice de tramway au centre-ville. Elle nous loge dans une grande chambre confortable, dont les fenêtres donnent sur le jardin.

Dès le lendemain matin, nous nous mettons en route pour Pecsvarad. Nous en avons environ pour deux heures avant d'atteindre cette petite ville. Je commence à avoir drôlement hâte d'atteindre le but ultime de mon périple. Quant à Amélia, elle s'intéresse à tout ce qu'elle voit et bombarde Gyöngyi de questions concernant les changements sociaux depuis la chute du système communiste.

Nous atteignons notre destination peu avant midi. Nous retrouvons assez facilement le domicile du dénommé Laszlo Horvath grâce à l'adresse figurant sur la lettre reçue à Montréal. Il habite un immeuble de trois étages au crépi pelé et aux boîtes postales cabossées. Sur le seuil, une petite femme mal attifée balaie vigoureusement les marches de béton. Gyöngyi s'adresse à elle pour vérifier qu'on se trouve au bon endroit. La concierge se lance en gesticulant dans une explication compliquée, tout en s'essuyant le front d'un mouchoir de tissu à carreaux. Notre interprète se retourne vers nous l'air perplexe et dit :

— Il habite ici, mais elle pas vu depuis un bon bout de temps.

16

Nagymama

Je reprends aussitôt espoir lorsque la concierge rajoute quelque chose en montrant la direction du centre-ville. Gyöngyi m'explique :

— La mère de Laszlo habite à quelques rues d'ici. Elle dit qu'on devrait la trouver sur la place centrale. Elle y vend des fleurs.

Je soupire de soulagement. Pendant quelques secondes, j'ai cru voir s'évaporer tout espoir d'en apprendre plus long sur cet oncle mystérieux. Mais voilà que surgit de nulle part une vieille vendeuse de fleurs. S'agirait-il de ma grand-mère ? Nous remercions la concierge qui déjà recommence à faire valser son balai dans les marches de l'escalier.

Amélia et moi suivons Gyöngyi qui se dirige à grands pas vers une large avenue qu'elle emprunte vers le nord. Nos silhouettes se reflètent dans les vitrines des commerces qui jalonnent la rue principale. Le clocher d'une église baroque apparaît bientôt sur la gauche, surplombant une place achalandée.

Plusieurs étals de fruits et légumes semblent jouer du coude pour bénéficier de l'emplacement le plus stratégique. Un peu plus loin, regroupées autour de la fontaine, une demi-douzaine de dames rivalisent pour la vente d'œillets multicolores.

Découragée, j'interromps la marche de notre interprète alors que celle-ci se dirige résolument vers ces fleuristes improvisées.

— Tu penses qu'on peut la retrouver parmi les autres?

— Ici, tout le monde se connaît. On demande madame Horvath.

Gyöngyi a raison. Après avoir questionné deux ou trois dames, l'une désigne enfin celle que l'on cherche.

Nous nous approchons doucement de la vieille dame. Celle-ci est assise sur le muret qui entoure la fontaine. À ses pieds, trois ou quatre seaux en plastique contiennent la totalité de son inventaire floral. Je scrute son visage avec beaucoup de curiosité. Il s'agit peut-être d'un membre de ma famille biologique. Quelqu'un qui ne se doute peut-être même pas de mon existence. Je laisse le soin à Gyöngyi de l'aborder. Quant à moi, je continue à observer son visage, sa gestuelle, avec l'espoir de reconnaître un air, un geste… de percevoir un lien quelconque qui me rattacherait à elle.

Malheureusement, aucun signe ne se manifeste.

La dame porte un foulard fleuri noué sous le menton. Ses prunelles, autrefois brunes, laissent transparaître le voile blanchâtre de l'âge. Sur une robe vaguement rayée, elle porte une veste en lainage devenue informe et incolore par l'usure du temps.

Pensant avoir affaire à des clientes, elle commence par nous proposer sa marchandise. À mesure que notre interprète lui explique la situation, la vieille se met à me dévisager avec de plus en plus d'intérêt. Petit à petit, ses yeux doux, aux paupières lourdes et flétries, s'embuent. Elle dépose alors le petit bouquet qu'elle tenait à la main et se met à me caresser la joue.

— Rozsikàm, Rozsikàm, murmure-t-elle d'une voix éraillée, mais pourtant mélodieuse.

Ses doigts noueux, encore humides de l'eau des fleurs, laissent sur ma joue une impression de pur bonheur. À cet instant, je comprends que cette vieille paysanne, toute menue devant moi, ne peut être que ma grand-mère.

Discrètes, Amélia et Gyöngyi ont reculé de quelques pas, sans doute pour nous laisser savourer seules nos retrouvailles. Après quelques secondes, je prends cette main usée par le labeur dans les miennes.

Michel-Ange a peint la création de l'homme sur le plafond de la chapelle Sixtine, à Rome. On y voit la main de Dieu, tendue vers celle d'Adam. Entre leurs index, invisible, la vie semble circuler. Entre mes mains, je tiens un maillon très ancien de la chaîne de ma propre existence. Comme dans la fresque de Michel-Ange, je sens une étincelle de magie qui circule entre nous. Et je souris, ayant enfin la certitude que je n'ai pas entrepris ce grand voyage en vain.

Puis, soudainement, la dame se tourne vers Gyöngyi et se lance dans une interminable explication.

Pendant que la jeune fille traduit, elle confie ses fleurs invendues à sa voisine.

— Elle est sûre que tu es sa petite-fille et veut absolument que nous allions chez elle, me traduit Gyöngyi.

Encore ébranlée par l'émotion, j'accepte l'invitation sans même consulter Amélia. Celle-ci décline cependant l'offre, se sentant probablement un peu exclue...

— Je préfère me promener en ville, explique-t-elle. On se retrouvera ici vers 17 heures, ça te va?

— T'es sûre? dis-je un peu mal à l'aise.

— Vas-y avec Gyöngyi, rajoute-t-elle. Ta grand-mère a sûrement plein de choses à te raconter. Tu m'expliqueras tout ça au retour.

Après avoir parcouru deux ou trois coins de rue, nous aboutissons finalement devant une modeste maison aux fenêtres fleuries. Dans la cour arrière, des poules se pourchassent en piaillant. Ma nouvelle grand-mère se fraie un chemin entre les volatiles épouvantés, sans doute convaincus que leur tour est venu de finir dans la soupe.

Nous pénétrons finalement par une porte arrière s'ouvrant directement sur une unique pièce. Elle nous explique qu'elle loue cette chambre à une vieille amie veuve dont l'époux est mort à la guerre et qui vit seule depuis ce temps.

Après quelques minutes, mes yeux s'habituent à la pénombre. Par contre, je sens que j'aurai du mal à m'habituer à l'odeur de poussière et de renfermé qui sature cette pièce mal aérée. L'unique fenêtre ne laisse entrer qu'un filet d'air tiède par les volets clos.

Dans un geste amical, elle m'invite à m'asseoir sur son lit orné de coussins brodés s'alignant le long d'un mur recouvert de vieilles photos encadrées et d'assiettes peintes aux motifs floraux exubérants. Le tout n'a pas été épousseté depuis la révolution, à mon avis. Pendant que notre hôte s'affaire dans le coin opposé de la pièce, Gyöngyi, installée sur un pouf, m'explique :

— Elle prépare café, dit-elle.

— Tu crois vraiment qu'il s'agit de ma grand-mère ? lui demandé-je curieuse.

— On dirait. Elle connaît ton nom…

— Elle te l'a dit ?

— Non, mais elle t'a appelée Rozsikàm. Ça veut dire ma petite Rose…

Instinctivement, je me retourne vers la galerie de photos disposées sur le mur derrière mon dos ainsi que sur le guéridon qui sert de chevet. J'essaie désespérément d'y reconnaître quelqu'un, ou peut-être même une fillette aux yeux bruns trop grands portant un chandail rayé.

Ma grand-mère revient avec un plateau qui semble peser trop lourd pour ses épaules voûtées. Elle nous sert un café quelconque accompagné de pâtisseries douteuses qu'elle sort d'une vieille boîte à biscuits en fer-blanc. Comme pour me rassurer, Gyöngyi m'explique :

— C'est un gâteau roulé aux graines de pavot. Ça se conserve longtemps.

Le goût âcre du pavot me surprend. Mais le sourire de mon aïeule m'encourage à continuer la dégustation et j'ai tôt fait de m'habituer à cet étrange mélange de textures et de saveurs. Elle m'offre un second morceau tout en me faisant comprendre que je suis bien trop maigre à son goût.

Cependant, l'heure avance et nous n'avons pas encore parlé de l'essentiel. Je demande à Gyöngyi de l'inviter à nous raconter ce qu'elle sait à mon sujet. C'est alors que par le truchement de mon interprète, qui s'ingénie à trouver le terme précis, j'apprends la plus fascinante des histoires, celle des circonstances entourant ma petite enfance. Le récit est long et laborieux. Elle s'interrompt parfois pour me montrer quelques photos dont une toute délavée sur laquelle je devine le visage de mes parents alors qu'ils étaient encore très jeunes. Il y en a même une de moi, nouveau-né, mais on n'y distingue qu'un petit visage endormi, le bonnet enfoncé jusqu'aux sourcils. Ces images sont cependant les plus belles que j'aie jamais vues.

Ma grand-mère continue son récit. Celui-ci met ma patience à rude épreuve. J'écoute avec attention cette vieille dame attachante fouiller sa mémoire dans une langue inintelligible aux sonorités étranges, qui ne laisse échapper aucun indice quant au contenu des propos. Et puis, il y a mon interprète, soucieuse de traduire avec précision, consultant souvent son dictionnaire à la recherche du mot juste. Mais peu importe ces inconvénients, j'apprends enfin, après toutes ces années de doute et de questionnement, ce qui est arrivé avant Vieille-Aure.

○

Je l'ai quittée vers la fin de l'après-midi, non sans avoir pris de nombreuses photos d'elle, et de nous deux posant, souriantes, dans sa modeste chambre à l'odeur de poussière, aux relents du passé.

Je lui ai promis de revenir bientôt avec ma mère et mon grand frère et de rester avec elle plus longtemps, cette fois, afin de mieux la connaître et d'explorer davantage mon pays natal. Elle a sorti de sa poche un mouchoir de coton pour éponger ses yeux humides, puis m'a dit :

— Ne tarde pas trop à revenir, Rozsikàm, ne tarde pas trop… Le temps passe, tu sais.

Je l'ai serrée dans mes bras, lui murmurant les deux seuls mots de hongrois que Gyöngyi m'a enseignés pour la circonstance.

— *Viszontlatasra Nagymama*. Au revoir, grand-maman.

○

Comme convenu, Amélia nous attendait, assise sur un banc, faisant la conversation avec un jeune homme. Dès qu'elle nous aperçoit, elle se lève, prend congé de son interlocuteur et s'avance vers nous, les bras chargés de paquets. Elle me demande:

— Et alors?

— Alors, il s'agit bien de la mère de ce Laszlo, donc de ma grand-mère! dis-je exaltée.

— Génial! Qu'a-t-elle dit?

Là, c'est au tour de Gyöngyi de nous fausser compagnie pour faire quelques achats sur la rue principale. On se donne donc rendez-vous une heure plus tard, à la voiture. Amélia me propose de la suivre vers l'extérieur de la ville.

— Le jeune homme à qui je parlais m'a dit qu'il existe tout près d'ici une forêt de marronniers centenaires. Je pense que nous y serons à l'aise pour discuter.

Nous empruntons donc un sentier, derrière l'église, menant au vieux cimetière de campagne. Certaines stèles, fêlées ou carrément cassées en deux, témoignent de l'immortalité des lieux. Les premiers arbres se dessinent déjà, au-delà de cet endroit sacré où reposent depuis toujours les ancêtres du village.

Le boisé forme une cathédrale naturelle dont les piliers, constitués de troncs noueux, se rejoignent en une voûte émeraude laissant ici et là filtrer la joie du soleil. Quel endroit féerique. Un sanctuaire de paix. Seul un léger bruissement du vent s'immisçant entre les rameaux vient parfois interrompre la quiétude parfaite des lieux.

Amélia et moi nous installons sur une branche basse, poussant presque à l'horizontale. Nous avons l'impression d'être à des années-lumière de toute agitation urbaine. Ma copine, impatiente, rompt le silence.

— Alors, raconte… Je veux tout savoir.

— Elle me croyait morte en France il y a plus de dix ans ! C'est pour cela qu'elle était si émue de me voir après toutes ces années.

— Morte ? Mais pourquoi ?

— C'est vachement compliqué. Je pense que son fils Laszlo a voulu lui cacher mon adoption. Il se sentait coupable sans doute.

— Mais, coupable de quoi ? demande Amélia, sortant de son sac de jolies confiseries en massepain. Tu en veux ?

— Non merci… Toute cette histoire m'a passablement remuée, tu sais. Ça en fait déjà pas mal à digérer… en plus de son gâteau aux graines de pavot !

— Allons, continue, insiste-t-elle en mastiquant une friandise.

— Voilà, je commence au début. Je suis née ici, en Hongrie, il y a quinze ans environ. Elle n'a pas de détails, malheureusement. Son fils aîné, Jozsef, avait épousé une gitane et plus ou moins adopté le mode de vie de sa belle-famille. Ils se promenaient donc beaucoup avec le reste du clan. Mon père était mécanicien.

— Ah bon! Tu étais leur seule enfant?

— Il semble que oui, car ma mère avait une santé fragile. Elle était atteinte d'asthme ou quelque chose comme ça… Je n'ai pas trop compris.

— Et puis? Comment se fait-il que tu parlais espagnol à cinq ans?

— Bien voilà. Mes parents ont décidé de se rendre jusqu'en Espagne. Ils espéraient que le climat chaud et sec améliorerait la santé de ma mère.

— Ça n'a pas fonctionné?

— Non, elle est morte, finalement, quand j'avais trois ou quatre ans. Je pense que j'ai un souvenir d'elle. J'ai souvent vu cette image dans ma tête. Une jolie dame se penche vers moi pour m'offrir du chocolat. Tu crois qu'il s'agit d'elle?

Amélia a les yeux pleins d'eau. Elle ne se gêne pas pour renifler et ne trouve rien d'autre à dire que:

— Quelle triste histoire!

— T'as encore rien entendu, dois-je lui répondre. Alors, je poursuis ?

— Si, si, dit-elle en choisissant une seconde pâte d'amande en forme de petit soldat hongrois. T'es sûre que t'en veux pas ? Ça remonte le moral, tu sais.

— Ça n'a pas l'air très efficace, ton truc, dis-je en l'écoutant renifler.

Je continue tout de même mon récit :

— Quand l'état de santé de ma mère s'est détérioré, mon père a invité son frère Laszlo à venir travailler avec lui comme mécanicien. Il s'était aménagé un petit atelier de mécanique automobile dans une ville balnéaire de la côte espagnole. Quelque temps plus tard, maman est morte et les deux frères ont travaillé ensemble, jusqu'à ce qu'un épouvantable accident se produise.

Amélia est suspendue à mes lèvres, complètement subjuguée par mon récit. Elle en oublie même de manger son petit personnage coloré, maintenant décapité, qu'elle tient dans sa main gauche.

— Quel accident ?

— Tu sais, le chariot élévateur sur lequel on monte les voitures pour les réparer ? Il est retombé alors que mon père était en dessous. Il est mort sur le coup.

— Quelle horreur ! On ne peut pas dire que ta famille avait de la chance. On verrait ça dans un «soap» américain et on trouverait que c'est exagéré…

— Ce n'est rien, imagine-toi que la police espagnole s'est mise à soupçonner mon oncle de meurtre.

— De meurtre, mais pourquoi?

Comme pour mimer l'affaire, Amélia engloutit enfin ce qui reste du petit hussard sucré.

— Comme il héritait du garage et de l'assurance-vie de mon père, ils ont trouvé plutôt louche qu'il y ait deux décès dans la même famille en quelques mois seulement…

— Tu le crois coupable, toi?

— Je ne sais pas. Ma grand-mère est certaine que non. Les deux frères étaient très proches, elle est sûre que jamais Laszlo n'aurait fait une chose pareille. Et puis, ma mère est morte de cause naturelle après tout.

— C'est vrai. Qu'a-t-il fait ensuite?

— Il a décidé de s'évaporer dans la nature en quittant l'Espagne avec moi. Il a profité d'un rassemblement gitan pour passer la frontière des Pyrénées et se rendre à Lourdes, en France.

— Et c'est là qu'a eu lieu le glissement de terrain. Mais pourquoi donc t'a-t-il laissée seule à cet endroit?

— Je ne sais pas. C'était un fugitif, n'oublie pas. J'imagine qu'il n'osait se présenter à l'hôpital par crainte de se faire arrêter.

207

— Et il t'a laissée avec des étrangers sans se manifester ! C'est étrange, tu ne trouves pas ?

— Peut-être a-t-il jugé que mon avenir serait meilleur si j'étais adoptée par une bonne famille qu'en cavale avec un sans-papiers accusé de meurtre.

— C'est vrai. En y pensant bien, il a sûrement pris une bonne décision. Sinon, on ne se serait jamais connues ! Et il savait sûrement que tu étais entre bonnes mains. Ton histoire était racontée dans le journal local. On y suivait l'état de santé de la petite inconnue de Vieille-Aure, finalement adoptée par une famille canadienne.

— C'est vrai ?

— Bien sûr. Je me souviens très bien. Le village entier s'était attaché à toi. Mais pourquoi Laszlo a-t-il raconté à sa mère que tu étais morte ? C'est cruel, non ?

— Je ne sais pas. Elle ne l'a pas revu pendant plusieurs années. Il a refait surface à Pecsvarad, il y a quelque temps, puis est de nouveau disparu. Elle pense qu'il vit ici et là, ayant peur d'être accusé. Pauvre vieille dame. Comme elle doit se sentir triste.

— Au moins, elle t'a retrouvée maintenant.

— Oui, mais pour quelques heures seulement. Et puis, on ne peut même pas se parler.

Il va falloir que je revienne plus longtemps avec Francis et maman et que j'essaie d'apprendre un peu de hongrois... Tu sais, elle m'a montré des photos de mes parents, de mon oncle et même de moi, petit bébé.

— Vraiment? Tu ne les as pas gardées?

— Non... C'est tout ce qu'elle a et elles lui rappellent des souvenirs tandis que pour moi, c'est surtout de la curiosité. En plus, elles ne sont vraiment pas claires, ces photographies.

— Allons, viens, il est temps de rentrer. Gyöngyi doit nous attendre déjà, me dit Amélia en se levant après avoir consulté sa montre. Quelle histoire, tout de même! Jamais je ne me serais attendue à cela!

17

Au bercail

Nous passons la nuit dans un monastère transformé en hôtel de campagne. Les plafonds sont hauts et voûtés, ce qui donne à l'endroit une allure de château médiéval.

Le repas du soir est servi dans le réfectoire dont les étroites fenêtres sont ornées des vitraux originaux. Un petit orchestre interprète de la musique traditionnelle. Un maître d'hôtel quelque peu maniéré nous sert un ragoût de veau bien assaisonné, accompagné d'un vin rouge fort agréable dont je ne prends que quelques gorgées, jetant plutôt mon dévolu sur l'eau gazeuse.

— C'est un Egri Bikaver ce qui signifie sang de taureau d'Eger, nous explique Gyöngyi.

Amélia, ayant déjà deux ou trois verres dans le nez, s'esclaffe :

— Ils en ont de ces noms, les Hongrois, pour leur vin !

Gyöngyi, presque insultée, réplique du tac au tac :

— Quoi, les Allemands ont bien le Liebfraumilch !

— Ça veut dire quoi ? dis-je intriguée.

Amélia traduit, contente de son savoir :

— Lait de femme amoureuse… Mais ce n'est rien, renchérit-elle. En France, on a un fromage qui s'appelle La crotte du diable !

— Et au Québec, on a un dessert nommé Pet de sœur !

Amélia est tordue de rire.

— Ça pète, une sœur ?

Gyöngyi intriguée, rajoute :

— Ça veut dire quoi, pet ?

Le sang de taureau a fait son œuvre. Nous rentrons à notre chambre, pliées en deux, Gyöngyi cherchant « pet »dans son diction-naire français/hongrois.

Quel plaisir nous avons eu toutes les trois ! Je me sens tellement soulagée d'avoir ren-contré une grand-mère dont je ne soupçon-nais pas l'existence qu'on dirait que mes soucis se sont éclipsés dans les vapeurs des trois gorgées de vin rouge et des soubresauts frivoles du violon tzigane.

Une belle complicité nous unit toutes les trois. Je me rends compte que je n'ai pas pensé une seule fois de la journée à cette crapule de trafiquant de drogue qui s'est servi de moi effrontément, ni aux soucis qui m'attendent à mon retour...

Je suis heureuse d'avoir su rebâtir une bonne partie de mon enfance oubliée grâce à la rencontre avec cette mignonne petite vendeuse de fleurs qui m'a connue bébé.

Certes, j'aurais aimé avoir plus de détails concernant ma naissance, voir plus de photos... mais, enfin, ce que j'ai appris aujourd'hui, aussi triste soit cette histoire, m'a déjà fait beaucoup progresser. De toute manière, je ne me sens pas peinée d'apprendre que mes parents sont morts, je le savais déjà ! Et puis, j'ai gagné une nouvelle grand-mère ! C'est tout de même beaucoup !

Notre cellule de moniale est envahie de moustiques ayant trouvé refuge au plafond. Comme trois idiotes, nous avions laissé la fenêtre ouverte et la lumière allumée. Résultat, l'insectarium presque entier s'est installé au-dessus de nos lits, attendant patiemment l'obscurité pour venir siphonner quelques gouttes de sang aromatisé au rouge hongrois.

À l'aide de quelques coussins décoratifs, nous bombardons nos ennemis ailés suspendus hors de notre portée. Nous finissons par rendre les armes, impuissantes à exterminer tous les intrus et épuisées par cette longue journée et ce repas copieux.

○

Le lendemain, avant de quitter définitivement Pecsvarad, je retourne au marché espérant y revoir ma grand-mère. Elle s'y trouve, assise au même endroit, parmi ses œillets. Je lui achète tous ses bouquets que Gyöngyi et Amélia se chargent de transporter jusqu'à la voiture. Je laisse à la vieille dame mon adresse, prends la sienne en note et la quitte une seconde fois, la laissant seule sur cette place bondée, me faisant signe de son petit mouchoir brodé.

— Que veux-tu faire de toutes ces fleurs ? demande Amélia agacée. Elles vont faner d'ici quelques heures et il n'y a pas de place dans la voiture...

— T'inquiète pas, lui dis-je en guise de réponse.

Nous approchons du pont en pierres grises qui enjambe la rivière. Je demande à Gyöngyi d'arrêter la voiture quelques minutes. Puis, je ramasse la douzaine de bouquets parfumés et les apporte non sans en échapper quelques-uns sur le tablier du pont.

Puis, un à un, je défais les liens qui retiennent les œillets et les laisse tomber dans le courant, quelques mètres plus bas, en pensant à mes pauvres parents qui sont enterrés à des milliers de kilomètres de leur terre natale. Je me surprends à croire qu'un jour, portés par le courant de cette rivière, puis d'un fleuve, ces œillets hongrois termineront leur croisière sur une berge de l'Atlantique où l'on parle espagnol et où l'on se souvient peut-être d'une petite famille gitane, venue de Hongrie et n'ayant vraiment pas eu de chance.

○

Comme convenu, Gyöngyi nous a ramenées à Budapest et déposées directement face à la gare. Je l'ai remerciée chaleureusement et lui ai remis ce qu'il me restait de l'argent de Francis. J'ai vu dans ses yeux qu'elle ne s'attendait pas à recevoir une telle somme. J'ai insisté. Après tout, sans elle, je n'aurais pas pu aller bien loin et surtout je n'aurais pu apprendre cette incroyable histoire qui est la mienne.

Puis, Amélia et moi sommes reparties vers l'ouest, par le même trajet, faisant escale à Vienne où mon amie essaie de joindre sa copine autrichienne, sans plus de succès.

— Il n'y a pas de réponse, m'explique-t-elle. Hanna n'est sans doute pas revenue.

— Dommage, dis-je sans conviction.

— Bof, en vérité, ça fait mon affaire. Je préfère rentrer à Paris avec toi. On a du plaisir ensemble, pas vrai?

C'est vrai. Je l'aime bien, Amélia. Dommage qu'elle habite si loin.

— Et toi, t'as pas le goût de venir habiter à Montréal avec Didier?

— Tu sais, moi, la neige…

— La neige! La neige!… Il n'y a pas que ça au Québec, tout de même! D'ailleurs, l'effet de serre est en train de lui régler son compte à la neige… Et puis, on va devenir tantes toutes les deux, n'oublie pas.

— C'est sûr que j'irai pendant les vacances de Noël. J'ai trop hâte de le voir, ce petit…

La vibration rythmée du compartiment a un effet soporifique qui fait qu'en quelques minutes je tombe endormie, la tête appuyée contre la vitre de ce wagon qui me ramène à toute allure vers la réalité. Encore quelques jours de quiétude, ai-je le temps de me dire, avant de me retrouver face à mes problèmes avec Bingo. Heureusement, Francis et Sandrine seront là pour m'épauler. Comme j'ai hâte de leur raconter toute mon histoire.

○

Amélia me réveille gentiment alors qu'on entre en gare et je réalise que j'ai dormi toute la nuit sur cette banquette inconfortable. Je me sens poisseuse et courbaturée, mais heureuse d'être déjà rentrée à Paris.

— Ça a passé plus vite qu'à l'aller, dis-je à Amélia en m'étirant comme un chat dans un rayon de soleil.

— Comment fais-tu pour dormir ainsi n'importe où? demande Amélia. Moi, je n'ai pas fermé l'œil, et comme compagne de voyage, une marmotte aurait été plus intéressante.

— Excuse-moi, j'avais du sommeil à rattraper sans doute…

— C'est pas grave. Je faisais pareil à ton âge… Allons, rentrons à l'appart. J'ai hâte de voir Didier.

Visiblement, celui-ci ne nous attendait pas si tôt. Il régnait dans l'appartement un désordre inimaginable. Didier s'excuse, racontant que ses amis de la fac sont venus passer la soirée et qu'il n'a pas eu le temps de tout ramasser.

— Ah, parce qu'il y en avait davantage? souligne Amélia, se demandant si son amoureux mérite une engueulade ou une accolade.

Elle choisit la seconde option, sans doute trop heureuse de retrouver son beau grand étudiant. Quant à moi, je me précipite sur le téléphone pour essayer de parler à mon frangin avant que celui-ci ne parte travailler. Je le rejoins finalement sur son portable, il est déjà en route pour le chantier. Je ne fais que lui dire que tout va bien et lui raconte brièvement mon séjour en Hongrie et surtout ma rencontre avec ma grand-mère.

— T'as une grand-mère en Hongrie ? C'est incroyable ! ajoute-t-il surpris.

— Attends que je te raconte le reste ! Tu viens me chercher demain à l'aéroport ?

— Oui, oui. Bien sûr, à 17 h 30, c'est ça ?

Je serai rassurée qu'il y soit. À vrai dire, j'ai peur me de retrouver à cet aéroport où j'ai bien failli me faire arrêter, il y a à peine une semaine. Et puis, je n'ai pas confiance en Bingo non plus. S'il m'attendait avec son gang ? Peut-être que je devrais au moins dire à Francis de se méfier de lui.

— Et Bingo, il est revenu ?

— Pas vu. Je crois qu'il a enfin compris que tu ne veux rien savoir de lui. Il n'a pas le droit de nous harceler ainsi.

— T'avais raison à son sujet, j'aurais dû t'écouter…

— Pas grave. Moi aussi, à ton âge, j'avais une tête de cochon !

— Très drôle, dis-je, mi-figue, mi-raisin. Et la photo ? Quelqu'un m'a identifiée, tu crois ?

— On dirait bien que non. Personne n'est venu pour te questionner, en tout cas.

Je pousse un soupir de soulagement. Peut-être que je vais m'en sortir sans trop d'écorchures, finalement. J'ajoute, plus calme :

— Et Aurélie, ça va ?

— Numéro un. Allons ! On se voit demain. Bon voyage, ma belle ! Et ne me rapporte pas de fines herbes en souvenir, surtout.

— Espèce de con !

○

Autant le vol vers Paris s'était déroulé sous l'égide du chaos total, autant le voyage vers Montréal fut agréable et reposant. Les jardins de banlieue que nous survolons arborent le vert encore tendre du printemps, tacheté çà et là du turquoise des piscines préparées pour la saison estivale. Le nez collé au hublot, j'observe ce paysage lilliputien, qui grossit cependant à vue d'œil alors que l'aéronef qui me ramène du vieux continent frôle maintenant la cime des grands conifères qui jalonnent la piste. L'avion se pose doucement après avoir survolé Montréal, baignée par le soleil de juin.

Je respire mieux une fois les bagages récupérés et surtout les formalités terminées. Avant de quitter Paris, j'avais pris quelques précautions qui se sont avérées inutiles : j'avais coupé et pâli mes cheveux. Je ressens une drôle d'impression à l'idée d'avoir à m'éloigner de ma propre image. De l'image propre que dégageait cette étudiante souriante que j'étais il n'y a pas si longtemps... Je n'ai croisé ni policiers, ni agents de sécurité. Il semble donc qu'on n'ait pas poursuivi suffisamment l'enquête pour remonter jusqu'à moi. Le large sourire de Francis qui m'attend derrière les portes vitrées achève de me rassurer.

Il me prend dans ses bras, juste assez longtemps pour que je reconnaisse l'odeur coutumière de sa chemise. Il desserre ensuite son étreinte afin que je puisse apercevoir Sandrine, qui se tient tout juste derrière lui. Ses prunelles noires s'illuminent, comme lorsqu'un rayon de lune plonge dans un lac en pleine nuit.

— Rosalie ! me dit-elle exaltée. Ça y est, t'as retrouvé ta grand-mère ? Et ton oncle ? Raconte tout ! Tes cheveux sont super ! C'est la mode à Paris ?

Francis répond à ma place :

— Elle va tout nous raconter autour d'une bonne table. On va lui laisser le temps de souffler un peu à la petite sœur ! T'as fait un beau vol ?

— Excellent. Cette fois-ci, je n'ai pas eu la chance de m'initier aux secrets du tricot, comme à l'aller.

— Dommage, t'aurais pu perfectionner ton art et tricoter un chandail à ton neveu !

— Mon neveu ! Tu vas avoir un gars ?

Dans la voiture, j'apprends les dernières nouvelles. D'abord, Aurélie a passé une seconde échographie et il semble qu'elle accouchera d'un garçon à la mi-novembre. Maman revient du Mexique dans une dizaine de jours. Bingo a essayé de me joindre par le biais de Sandrine, mais sans succès. Cette dernière a appris par Steve que le Bingo en question avait déjà eu des démêlés avec la police. Sandrine avait été tenue plus ou moins dans l'ignorance de ses problèmes par ses parents déçus du comportement du jeune garçon.

Je suis soulagée de savoir que personne ne semble m'avoir dénoncée aux autorités. Peut-être que les jeunes de mon entourage ne m'ont pas reconnue sur cette piètre photo ou encore qu'aucun d'eux n'a cru à mon implication possible dans un trafic de stupéfiants. Ma réputation d'ado sérieuse aura peut-être servi à éliminer des soupçons, qui sait ?

Nous arrivons bientôt à la maison où Aurélie nous attend, radieuse, plus belle que jamais avec son petit ventre qui commence à émerger sous son chandail. Elle a installé sur la table de cuisine tout son fourbi pour servir la raclette, mon plat favori.

— Francis trouve qu'il fait trop chaud en juin pour fondre le fromage, explique-t-elle. Mais je tenais à célébrer ton retour comme il se doit.

— C'est gentil, dis-je, merci. D'ailleurs, ta sœur te salue. Didier et elle t'ont préparé un paquet et ils vont venir aux fêtes.

— C'est vrai? Génial! dit-elle en fouillant le sac-cadeau que je lui donne.

— Tiens, Francis. Je t'ai rapporté ceci, dis-je en tendant à mon frère une bouteille contenant un vin ambré.

— Merci, d'où ça vient? questionne-t-il, interrogeant l'étiquette du regard.

— De Tokaji, en Hongrie. C'est un vin liquoreux très apprécié, paraît-il, ajouté-je, mimant l'œnologue avec un accent empesé. D'ailleurs, Louis XIV lui-même l'avait baptisé le roi des vins et le vin des rois. Chose certaine, le Tokaji est sûrement le cépage le plus réputé de Hongrie.

— T'en as appris des choses, là-bas! répond-il admiratif. Parlant de Hongrie, le monsieur, l'interprète, est venu mercredi ou jeudi dernier pour te voir. Il a sonné chez moi.

— L'interprète ? Que voulait-il ?

— Je ne sais pas. Il ne savait pas que tu étais partie en Europe. Il voulait te donner des renseignements, je n'ai pas trop compris.

— Que lui as-tu dit ?

— Pas grand-chose. Il va revenir demain matin. Il a un accent épouvantable.

— Je sais, mais il est très gentil. Je me demande bien ce qu'il voulait.

Aurélie nous interrompt en mettant sous le nez de Francis un chandail jaune minuscule muni du bonnet assorti.

— Regarde, Francis, comme c'est mignon ce qu'Amélia nous envoie !

Et c'est dans cette ambiance survoltée où le coq et l'âne se retrouvent à l'honneur qu'on se met à table. Francis et Sandrine me bombardent de questions sur mon voyage et sur ce que j'y ai appris. Je leur raconte donc tout, en terminant par le petit service que m'a demandé Bingo.

Francis entre dans une colère épouvantable.

— Je le savais, je le savais, ne cesse-t-il de répéter. Si je le revois, celui-là, il va passer un mauvais quart d'heure. T'aurais dû tout me dire au téléphone. Je lui aurais cassé la gueule.

— Et tu aurais eu tous ses petits amis sur le dos…

Quant à Sandrine, la pauvre, elle se sent responsable de cette catastrophe évitée de justesse.

— Si j'avais su, jamais je ne t'aurais fait connaître cet imbécile ! Maintenant, j'espère que vous n'aurez pas une mauvaise opinion de ma famille ! dit-elle, catastrophée.

Heureusement, Aurélie met fin à ce concert de lamentations en posant sur la table une tarte aux fraises. Puis, elle nous impose de changer de sujet.

— Inutile de se mettre dans un état pareil alors que Rosalie s'en est tirée sans problème. Goûtez-moi plutôt cette tarte, pendant qu'elle nous parle de ses nouveaux parents hongrois.

Et c'est ainsi que ma famille a fait connaissance avec une vieille marchande d'œillets qui tue le temps qui lui reste en vendant des fleurs aux abords d'une fontaine, témoin immobile de la solitude de ces vieillardes, du temps tué et du temps qui tue.

18

9-1-1

Nous avons donc festoyé ainsi autour de ce bon repas pendant quelques heures, jusqu'à ce que je décide d'aller dormir, encore victime de l'inévitable décalage horaire. Je salue donc tout le monde et redescends, accompagnée de Sandrine qui quitte les lieux en même temps.

— Tchiip !! me dit Zéphyr, m'accueillant d'un air accusateur dès que je pénètre dans ma chambre.

— T'es content de me voir ? dis-je, amusée par ses piaillements.

— Tchiip ! répond l'oiseau sans doute heureux d'entendre enfin quelqu'un après tout ce temps passé seul.

225

Allongée sur le dos, je laisse le volatile en liberté dans ma chambre. Il sautille sur mon édredon tandis que j'essaie de faire le bilan de mon voyage. Par la fenêtre, un rayon de soleil s'incline doucement après cette longue journée de juin. Encore ce matin, j'étais à Paris en compagnie d'Amélia et de Didier qui sont devenus mes amis, malgré la différence d'âge. Et puis, me voici, quelques heures plus tard, de retour à Montréal.

Somme toute, je suis comblée par tout ce que j'ai appris là-bas malgré que ce voyage ait vraiment mal commencé. L'attitude abominable de Bingo qui m'a fait vivre des heures épouvantables me laisse en bouche un vilain goût amer dont je n'arrive pas à me défaire. Paradoxalement, la rencontre avec ma grand-mère s'est avérée un moment de pur bonheur. En une courte semaine, j'ai été transportée aux antipodes par des événements hors du commun et, sincèrement, je ne pense pas que j'aurais pu supporter davantage d'émotions contradictoires.

Mon voyage en Hongrie m'a permis de combler certains vides qui, malheureusement, caractérisaient ma petite enfance. Ce retour aux sources me sera très précieux, car je sens d'ores et déjà qu'il me permettra de me bâtir une identité plus solide, reposant sur des bases plus concrètes. Je suis revenue de Hongrie mieux équipée pour affronter l'avenir. J'ai aussi laissé à l'aéroport une bonne dose de naïveté. En effet, ce départ précipité m'aura permis d'apprendre de mes erreurs. Il m'aura fallu passer à deux doigts de me faire arrêter pour possession et transport de stupéfiants pour réaliser que je ne fais pas partie de l'univers glauque du gang louche de cet individu sans scrupule. Bref, ce voyage en a valu la peine. Il m'a permis de faire le grand ménage dans mes fréquentations tout en répondant à plusieurs interrogations qui me hantaient depuis quelque temps.

Mon regard se pose distraitement sur la penderie dont la porte entrouverte me laisse deviner quelques robes de patin invendues. Cruelles, elles me rappellent que la recherche de mes origines m'a coûté cher. Au sens propre, d'abord, j'y ai mis toutes mes économies, mais également au sens figuré. C'est avec un léger pincement au cœur que je comprends que jamais plus je ne patinerai comme je le faisais encore tout récemment. J'ai mis au rancart un sport qui pourtant constituait le centre de mon univers, autour duquel gravitait une bonne partie de ma vie sociale. Un sport qui moussait mon estime personnelle, presque à chaque compétition.

L'effet de l'adrénaline que me procurait la réussite de mes sauts me manquera, c'est sûr. J'ai peut-être pris la décision de tout abandonner un peu trop vite, car de nouvelles priorités ont pris la place du patinage récemment. Je m'ennuierai de mon sport, c'est certain, mais ça ne sert à rien d'en faire un mélodrame, mes patins sont vendus, de toute manière. Je les ai transformés en billets d'avion et je devrai vivre avec cette décision.

Il fait complètement noir, maintenant. Je n'ai que l'énergie de remettre Zéphyr dans sa cage avant de me vautrer tout habillée sur mon édredon, en quête d'une bonne nuit de sommeil. J'y accède prestement, me sentant glisser vers le vaste monde du rêve auquel s'attachent encore quelques parcelles lucides de mes dernières pensées.

○

— Ding, dong !
— …
— Ding, dong, ding, dong, ding, dong !
— Merde ! Qui ça peut bien être ? dis-je, réveillée en sursaut par ce concerto pour deux notes de «Jean-Sébastien Cloche».

Heureusement, je porte encore mes vêtements de la veille. Le voyant lumineux sur la porte du four à micro-ondes indique 8 h 45. *Serait-ce déjà l'interprète?* me dis-je, intriguée. Je déverrouille la porte sans réfléchir et me retrouve face à face avec nul autre que Bingo qui se met à m'invectiver, hors de lui.

— J'savais bien que tu referais surface un beau jour. Alors, mon *cash*? Où est-il?

Inutile d'essayer de refermer la porte, il la tient fermement ouverte. Son long bras puissant s'appuie contre le panneau et sa main s'agrippe résolument à la poignée. Je choisis donc de sortir de la maison plutôt que de me retrouver enfermée avec ce fou furieux. Je me doute qu'il est capable de n'importe quoi vu l'état d'extrême colère dans lequel il se trouve.

Dès que je pose le pied sur le palier extérieur, j'essaie de m'échapper en enjambant la bordure bétonnée du balcon. Je sens cependant sa main énorme qui m'enserre le haut du bras. Il me fait pivoter sans ménagement et approche mon visage à quelques centimètres du sien.

Son regard maléfique pénètre en moi jusqu'à me glacer au plus profond de mon être. J'ai si peur de lui que j'entends mon cœur battre au fond de mes tympans.

— Tu as vendu le *stock*, pas vrai?

— Non, non... Je te jure. Je ne sais même pas de quoi tu parles, ajouté-je pour gagner du temps.

La situation s'envenime à une vitesse folle. Bingo me tient toujours fermement d'une main et appuie tout son corps contre moi. C'est à peine si je peux respirer. Et c'est alors que je sens avec horreur l'embout glacé d'une arme à feu qui s'appuie contre mes côtes.

Bingo répète sa question en imprimant une pression supplémentaire sur l'arme qu'il tient dans sa main droite.

Terrifiée, je suis convaincue que ma dernière heure est arrivée. Je n'ai jamais trop cru à Dieu et encore moins au diable, mais là, j'ai la certitude d'être coincée entre les mains de ce dernier. Je reconnais Méphisto personnifié qui se dresse devant moi et qui me harponne à travers mon t-shirt. J'essaie désespérément de trouver une idée, une histoire à lui inventer, n'importe quoi pour qu'il me laisse aller.

— Tu me fais mal, dis-je sans trouver mieux.

À cet instant, comme par miracle, je perçois derrière ma tête une protubérance sur le cadre de la porte. C'est la sonnette de Francis ! Si je pouvais me déplacer de quelques centimètres, j'arriverais peut-être à actionner le bouton et attirer l'attention de mon frère.

Soudainement, un bruit de klaxon distrait Bingo qui tourne la tête en direction de la rue. Je profite de cette seconde où mon assaillant relâche momentanément son étreinte pour appuyer sans relâche avec ma tête sur le bouton de la sonnette.

La diversion créée par l'automobiliste me procure une chance ultime de m'échapper. Cependant, j'ai à peine le temps de pivoter sur mes talons que Bingo me rattrape encore par le bras et c'est dans le dos qu'il m'enfonce son arme cette fois-ci.

— Où est l'argent ? répète-t-il en me soufflant dans le cou.

Les événements prennent alors une tournure tout à fait inattendue. Un homme sort en courant de l'automobile, résolu à me porter secours. Tout en courant vers moi, il hurle, s'adressant à mon agresseur :

— *You … stop!*

Il n'a pas le temps d'en dire davantage. Une déflagration fulgurante explose à quelques centimètres de mon crâne. Bingo a tiré.

Curieusement, je constate avec surprise que je ne suis pas morte. Instinctivement, je protège ma tête à deux mains, crispée, roulée en boule derrière le muret ceinturant le balcon. J'ouvre les yeux au moment où l'inconnu s'écroule au milieu de la rue. Simultanément, j'entends la porte qui s'ouvre derrière moi et la voix de Francis, affolé :

— Rosalie ! Tu n'as rien ? Mais qu'est-ce qui se passe ? dit-il tandis qu'il immobilise le revolver fumant qui tournoyait encore sur lui-même, sur le sol, à quelques pas de moi.

Je lui fais alors signe en direction de l'homme gisant sur l'asphalte. Il a bien plus besoin d'aide que moi, visiblement. Aurélie apparaît à ce moment et se penche vers moi alors que Francis se précipite vers l'homme qui agonise maintenant dans une flaque de sang.

Évidemment, Bingo s'est volatilisé dès que le coup de feu a retenti. Il a détalé, abandonnant son arme à mes pieds. Aurélie et moi descendons vers la rue à petits pas hésitants, agrippées l'une à l'autre, soudées par la terreur, mais curieuses de constater l'état de ce mystérieux inconnu qui s'est trouvé au mauvais endroit au pire moment possible.

Francis est dejà agenouillé à la tête de l'homme et le regarde, impuissant. Nous nous approchons à pas feutrés.

— C'est… c'est l'interprète, me dit-il, hoquetant. Il est mort, je crois, rajoute-t-il les yeux exorbités. Il faut faire le 9-1-1.

— Inutile, dit Aurélie.

En effet, les sirènes présagent déjà l'arrivée imminente des secours. Plusieurs voisins assistent à la scène de leurs balcons, alors que d'autres commencent à former un cercle autour de nous. Quant à moi, l'ampleur du drame me fait l'effet d'un coup de poing au plexus solaire. Je m'effondre, à genoux à côté du gisant, horrifiée par la tournure tragique des événements.

Alors que policiers et ambulanciers descendent en toute hâte de leurs véhicules, j'arrive à articuler :

— Ce n'est pas l'interprète, Francis, je n'ai jamais vu cet homme.

Encore sous le choc, Francis se lève afin de laisser la place aux ambulanciers qui se précipitent sur la victime traînant une civière et tout un fourbi d'appareils de premiers soins.

— Il… il te connaissait, pourtant, Rosalie. Il a murmuré quelque chose…

Cependant, mon frère est brusquement interrompu par un policier qui lui intime de le suivre jusqu'à sa voiture. Sans avoir trop l'air de saisir ce qui se passe, Francis emboîte le pas à l'agent, me laissant derrière, pantoise. Résolue à connaître les dernières paroles du défunt, je me précipite sur leurs talons.

— Qu'est-ce qu'il a dit ? C'est qui ce type ?

Autoritaire, le policier me fusille du regard puis me dit d'un ton qui n'admet aucune réplique :

— Tu lui parleras plus tard, de toute façon on t'amène au poste toi aussi. On a plusieurs questions à vous poser.

Je reste donc là, pétrifiée, à mi-chemin entre cet inconnu qui me connaît et ce frère que l'on traite comme un bandit.

J'étais loin de me douter que le cauchemar ne faisait que commencer. Les ambulanciers se sont dardés sur le blessé qu'ils ont tenté de réanimer, en vain. Celui-ci est mort, dans la rue, face à ma maison, à cause de moi.

Ils m'ont amenée au poste pour m'interroger, me considérant comme un témoin important. Mais, ce n'est rien encore. Comme si l'agression que j'ai subie et le trépas de ce bon samaritain ne suffisaient pas, ils ont arrêté Francis! Ils lui ont passé les menottes devant tout le voisinage, après avoir ramassé l'arme du crime. Ils ont autorisé Aurélie à remonter à l'appartement pour s'habiller. Elle aussi a dû les suivre, pour répondre à leurs questions. Comme j'aurais souhaité que ma mère soit là!

Mille fois, je leur ai affirmé que Francis était innocent et qu'il n'avait rien à voir avec tout ça. Mille fois, ils m'ont répété les mêmes questions. Je leur ai tout raconté, l'histoire du sirop d'érable, de la fausse carte et tout. J'ai dénoncé Bingo, bien sûr, sans toutefois pouvoir leur donner un vrai nom, ni adresse, rien! Comme je me sens moche, stupide, ridicule! J'ai l'air d'inventer un suspect fictif pour protéger mon frère. Aurélie est restée avec moi pendant toute la durée de l'interrogatoire. Elle était très inquiète pour Francis, la pauvre. Nous pouvions difficilement nous consoler l'une l'autre, l'angoisse et le chagrin nous habitant toutes les deux.

Malheureusement, la version d'Aurélie ne suffisait pas à disculper totalement Francis puisqu'elle n'était apparue sur le balcon qu'après le départ de Bingo. Elle ne l'a donc pas vu. Bien sûr, elle leur a dit que Francis était en train de descendre l'escalier intérieur du duplex lorsque la détonation a retenti, mais est-ce que ce sera suffisant pour qu'ils libèrent mon grand frère ? Il paraît que le voisin qui a alerté la police a raconté avoir vu Francis déposer l'arme à terre avant de se rendre dans la rue. Il n'a pas vu Bingo, évidemment car ce dernier a sauté dans l'herbe sur le côté opposé. Je ne peux croire qu'ils soupçonnent réellement Francis de meurtre !

Heureusement, les policiers à la section des crimes majeurs ont été compréhensifs. Ils ont pris ma déposition comme victime d'agression, puis nous ont permis de retourner à la maison à la fin de l'après-midi.

Dès notre arrivée, nous avons téléphoné à Monterrey pour prévenir maman de l'arrestation de Francis. Elle était littéralement catastrophée. Elle arrive demain, devançant son départ de plusieurs jours. Quand je pense que je devrai lui raconter toutes les bévues que j'ai commises en si peu de temps. Pauvre maman, comment lui dire tout ça ? Comment lui expliquer que sa fille, en qui elle avait tant confiance, s'est retrouvée mêlée à une affaire de meurtre ? J'ai l'impression de participer à une sordide histoire de détective au canal D.

Je suis restée en haut, avec Aurélie, observant discrètement le travail des enquêteurs par la fenêtre du salon. Ils ont ceinturé le périmètre d'un ruban jaune, interdisant l'accès à ce bout de rue et, bien sûr, aux marches de notre maison. Au moins, tout ce cirque empêchera Bingo de revenir me harceler, pour le moment, à tout le moins. Nous avons pleuré toutes les deux en songeant avec désarroi à notre pauvre Francis arrêté pour rien, et obligé de passer la nuit au poste.

Dire que pas plus tard qu'hier, je ressassais la rencontre avec ma grand-mère, ainsi que tous les souvenirs que j'ai ramenés d'Europe. Je nageais en plein bonheur, trop heureuse d'avoir renoué avec une partie de mon enfance et de pouvoir partager cette expérience avec ma famille. Et voilà que cet infâme individu est venu nous voler notre quiétude.

○

Trois heures du matin. Il fait nuit noire. Aurélie assise sur le canapé, serre contre son ventre un ourson que Francis a déjà acheté pour son bébé. Je l'entends qui ravale ses larmes en silence, essayant de contenir ce trop-plein d'émotions qui la submerge. Quant à moi, je ne trouve rien de mieux à faire que de jouer avec une mèche de mes cheveux de la main gauche et d'égrener ce qui me reste de mascara de l'autre.

Je fixe le néant, qui se profile devant moi. Mes yeux grand ouverts ne distinguent rien dans la pénombre de la pièce. De toute manière, même en plein soleil, je serais aveuglée par l'angoisse, la honte, la révolte, la peur et l'inquiétude. Comment ai-je pu placer toute ma famille, les gens que j'aime le plus au monde, dans un tel pétrin?

Et cet homme? Qui était-il au juste? Il était au volant de la voiture grise qui me hantait avant mon départ pour l'Europe. Pourtant, je pensais qu'il s'agissait d'une femme. C'est aussi ce que m'avait dit Francis. Manifestement, cet homme n'avait aucune mauvaise intention puisqu'il a voulu s'interposer entre Bingo et moi. Que faisait-il encore, stationné devant la maison ce matin? Pourquoi Francis l'a-t-il pris pour l'interprète? Et ce qu'il a murmuré avant de mourir, est-ce important? Chose certaine, il est mort. À cause de moi.

— C'est Bingo qui l'a froidement assassiné. Tu n'as rien à te reprocher, n'a cessé de me répéter Aurélie.

Et pourtant, je ne peux m'empêcher de me sentir responsable de la mort de ce pauvre homme qui a voulu m'aider. Et je ne peux m'enlever de la tête que si Francis avait surgi une seconde plus tôt, c'est sûrement sur lui que cette crapule aurait déchargé son arme. Et j'aurais tué Francis. À cette pensée, je ne puis réprimer un sanglot. Aurélie, dans un geste de tendresse, enveloppe mes épaules de son bras ; je m'appuie sur elle et laisse couler goutte à goutte toute ma peine sur son ventre rond.

— Excuse-moi, bébé, ton papa est en prison.

— Chut ! me dit-elle doucement. Ça va aller. Il est fait fort, Francis. Il en a vu d'autres. Et puis, il est au poste, pas en prison.

— Et maman ! Que va-t-elle dire ? Elle va sûrement me décapiter avec toutes les bêtises que j'ai faites ! Elle n'aurait jamais dû m'adopter... Je ne lui cause que des ennuis.

— Mais non...Ne dis pas ça. Ça peut arriver à tout le monde de se mettre les pieds dans les plats !

— Des plats, oui, pas des piscines olympiques ! Francis me l'avait dit de ne pas fréquenter ce gars. Je croyais qu'il avait des

238

préjugés, je ne l'ai pas cru. Je voulais lui prouver qu'il avait tort… et à cause de moi, un innocent est mort, tu te rends compte ?

Aurélie pousse un profond soupir tout en continuant à passer ses doigts dans mes cheveux.

— T'avais raison d'insister, on ne peut pas deviner l'honnêteté d'un mec simplement à son allure. Tu sais, quand j'ai connu Francis, et bien, il n'avait pas exactement l'air d'un enfant de chœur !

— …

— Et il m'a plu tout de suite. Si quelqu'un m'avait déconseillé de le voir, jamais je ne l'aurais écouté. J'étais amoureuse. Je ne voyais que ses qualités.

— Justement, Francis ne mérite pas de se retrouver en tôle pendant que l'autre con se promène dans la rue.

— Pas pour longtemps. Les enquêteurs vont l'épingler, j'en suis sûre. Ils t'ont montré les photos ?

— Demain, dis-je. Je vais essayer de le reconnaître parmi leur kyrielle de malfrats décorés d'un numéro.

— T'as l'intention de parler à Sandrine ? Elle sait peut-être où il crèche, ou à tout le moins, elle connaît sûrement son identité exacte.

— Je sais, dis-je, maussade. Mais je n'ai pas mentionné Sandrine aux policiers. Je préfère la tenir en dehors de tout cela. Il y a déjà assez de monde dans la merde à cause…

La sonnerie du téléphone retentit, perçant l'obscurité, heurtant mon cœur comme un bélier sur un mur fortifié. Aurélie et moi sursautons à l'unisson, regardant l'inoffensif appareil, terrorisées. Qui peut bien appeler ici au milieu de la nuit ? Aurélie se décide à répondre, espérant sans doute de bonnes nouvelles de la part de Francis.

— Allô ?

— …

— C'est pas vrai ! Essaie de rester positif, tu expliqueras tout ça au juge demain et il te croira sûrement. Ils t'ont assigné un avocat ?

— …

— Bon, très bien. Essaie de dormir et demain, tout ira mieux. Je t'aime.

Distraite, elle dépose le combiné à côté de son socle. Puis, elle se tourne vers moi le regard hébété, la bouche entrouverte.

— Quoi, qu'est-ce qu'il y a encore ? dis-je convaincue qu'il s'agit d'une mauvaise nouvelle.

— C'est Francis. Les choses se compliquent. Ils ont retrouvé ses empreintes digitales sur l'arme du crime !

19

Neuf millimètres

— **R**ien de surprenant. Je me rappelle qu'il a immobilisé le révolver qui tournoyait à côté de moi, dis-je.

— Peut-être, sauf que les enquêteurs ne connaissent pas ce détail. J'espère qu'ils vont aussi retrouver les empreintes de Bingo sur la crosse du revolver.

Une image de la scène de la veille me revient à l'esprit. Je revois encore la main de Bingo posée sur la poignée de la porte lorsque j'ai ouvert.

— Ne compte pas trop là-dessus. Je pense que Bingo portait des gants.

— Il n'est donc pas si con que ça, alors.

— Il n'est pas con du tout, au contraire ! Il est malhonnête, mais pas stupide, ce gars.

Alors, qu'est-ce qu'on fait pour Francis? dis-je, énervée.

— Rien pour l'instant. Demain, il passera devant un juge d'instruction qui, j'espère, le remettra en liberté en attendant d'accumuler des preuves. On lui a déjà octroyé un avocat.

— Espérons qu'ils arrêteront Bingo entre-temps. Tu crois que j'arriverai à l'identifier sur les photos?

— À la condition qu'il ait déjà un casier judiciaire au Canada. À quelle heure arrive ta mère?

— Vers 16 heures, je crois, dis-je en réprimant un bâillement. J'ai vraiment sommeil, mais je suis trop inquiète pour dormir.

— Il le faudrait pourtant. On a une grosse journée en perspective. Allonge-toi sur le canapé, si tu veux, et on reparlera de tout cela demain, d'accord?

Aurélie me laisse dans la pénombre non sans avoir étendu la jetée sur mon dos, puis se dirige à pas feutrés vers sa chambre.

○

Je me réveille tôt, la clarté matinale m'ayant ramenée brusquement à la réalité. Et puis, un magnifique oiseau rouge, un cardinal je pense, s'égosille au faîte de l'érable qui pousse devant la maison. Il me salue ainsi chaque matin de ses cris stridents et insistants. Il est trop beau pour que je lui en tienne rigueur, d'habitude. Cependant, ce matin, je trouve que le retour à la réalité s'effectue plutôt brutalement.

La courte nuit m'a laissée dans un état de stress identique à celui de la veille. Qu'arrivera-t-il à Francis? Et que dira maman? J'espère au moins que le pauvre homme n'avait pas d'enfants. Vais-je me réveiller chaque matin de ma vie en éprouvant des remords pour lui? Je me demande combien de temps ça prend pour guérir une conscience blessée.

J'ai très hâte que maman arrive même si j'appréhende sa réaction. Il me semble que, dès lors, les événements seront plus faciles à gérer. En revanche, je n'ai pas hâte d'avoir à lui raconter toutes les bêtises que j'ai commises et qui ont mené à l'arrestation de Francis. On dirait une partie de Monopoly cauchemardesque au cours de laquelle mon frangin a tiré la mauvaise carte. Je l'imagine mal en habit rayé...

Je m'habille distraitement, comme un automate pour qui les détails de la vie quotidienne n'ont soudainement plus d'importance. Après avoir partagé un petit-déjeuner insipide, Aurélie et moi nous rendons au poste à l'heure prévue. Un inspecteur bedonnant m'installe dans une pièce aveugle aux murs gris, devant une table en mélamine, sur laquelle trône un écran d'ordinateur. Il m'explique :

— Voilà, tu regardes bien chacune des photos. Quand tu en trouves une qui ressemble à l'agresseur, clique dessus. L'ordinateur la mettra de côté. Sois patiente, il y en a beaucoup.

J'essaie d'accomplir cette tâche minutieusement. Plus l'étau se resserre sur Bingo, plus les chances que Francis soit disculpé augmentent. Tout ce que je souhaite, c'est de ne pas regarder tous ces visages inutilement. J'espère que Bingo se trouve parmi ces tristes individus au regard dur ou provocant.

Au bout de deux heures environ, l'interminable défilé de visages numérotés prend fin. Sans résultat. Je suis à peu près certaine que Bingo ne figure pas dans ce palmarès. J'ai mis quelques clichés de côté, par acquit de conscience, mais en les regardant bien, malgré une vague ressemblance, je n'arrive pas à l'identifier formellement. L'enquêteur me remercie et me demande de communiquer avec lui si jamais un détail me revenait à l'esprit. J'en profite pour préciser que le meurtrier portait des gants et que j'ai vu mon frère poser la main sur le revolver alors qu'il se trouvait sur le sol. Il a noté ma version, intéressé, et m'a expliqué :

— Nos analyses dactyloscopiques sont assez efficaces. Il faut aussi inspecter ce neuf millimètres retrouvé sur votre balcon. On arrivera à faire la lumière sur toute cette histoire, mais il faut comprendre que votre frère est notre seul suspect, pour l'instant. Nos experts arriveront certainement à la conclusion qu'il est innocent, si c'est le cas, bien sûr.

Aurélie lui a rendu visite pendant que je regardais les photos. Conscient de l'état de stress dans lequel on se trouve toutes les deux, il a fait preuve d'optimisme, en essayant de dédramatiser l'événement.

— Ils ont fait des prélèvements sur mes mains, cherchant sans doute des traces de poudre. Bien entendu, ils ne trouveront rien. Et puis, je n'ai aucun mobile, aucune raison de vouloir assassiner cet homme. Mon avocat va déposer une demande pour qu'on me libère sous conditions. Je devrais voir le juge cet après-midi. En attendant, je n'ai rien d'autre à faire que de m'armer de patience, a-t-il expliqué pour rassurer Aurélie.

J'ai hâte de savoir ce qu'a dit l'homme allongé sur le bitume avant de mourir. Cependant, ce qui est primordial, c'est de sortir Francis de ce marasme. Je me résous à la patience, la liberté de Francis ayant préséance sur ma curiosité.

○

L'avion de maman s'est posé avec vingt minutes de retard. C'est avec un soulagement immense que je l'entrevois par l'ouverture intermittente des portes givrées. Quelques minutes plus tard, elle apparaît enfin, précédée d'un chariot où s'empilent d'énormes valises. Étrangement, un jeune homme vêtu bon chic bon genre se charge de faire avancer le tout. La pensée que maman ait pu se faire un ami me traverse l'esprit, l'espace d'une seconde. Un homme de trente ans dans le décor, il ne manquerait plus que ça. Heureusement, Aurélie pousse un cri qui met un terme à mes élucubrations.

— Enrique!

Je reconnais alors le cousin de Francis que j'avais vu pour la dernière fois il y a quatre ou cinq ans lors d'un voyage au Mexique. Je tombe littéralement dans les bras de maman qui me submerge d'une foule de questions. Pendant ce temps, Aurélie s'empresse de souhaiter la bienvenue au Dr Gomez fils, qu'elle connaît somme toute beaucoup mieux que moi.

Dans la voiture, je m'assois à l'arrière avec maman qui s'imagine que je peux raconter en dix minutes tout ce qui s'est passé au cours des dernières semaines. Je constate avec soulagement qu'elle ne semble pas trop m'en vouloir d'avoir commis toutes ces bévues. Au contraire, elle ne cesse de me répéter à quel point elle est heureuse qu'il ne me soit rien arrivé de grave, compte tenu du danger auquel j'ai fait face.

Quant à Enrique, assis devant, il questionne Aurélie au sujet du pétrin dans lequel Francis se trouve. Sa voix grave est empreinte d'un léger accent espagnol qui donne une allure colorée à cette conversation pourtant tout à fait sérieuse.

Comment ne l'ai-je pas reconnu immédiatement? Il n'a pas changé tant que ça, à part une calvitie naissante. Il a toujours le même regard derrière ses lunettes et la même allure fière d'un toréador victorieux. Maman m'explique qu'il n'a pas hésité une seconde à devancer ses vacances afin de l'accompagner.

— Il tient absolument à épauler Francis avec cette tuile qui lui est tombée sur la tête, explique maman, reconnaissante.

— C'est naturel. On est de la même famille, il faut que l'on s'entraide! répond le cousin, affable.

Arrivés à l'appartement, nous prenons place autour de la table de la cuisine. Maman et Enrique n'ont même pas pris la peine de défaire leurs bagages qu'ils ont laissés en bas.

Nous entamons donc une conversation bilingue ainsi qu'un pichet de sangria préparé par Aurélie. Les accents d'Europe et d'Amérique s'entremêlent ou s'entrechoquent pour finir par se fusionner en un «fragnol» unique à notre famille.

Enrique et maman partagent maintenant la même angoisse que nous, alors qu'ils prennent conscience de la gravité de la situation.

— Je n'ai pas cru qu'ils avaient réellement mis Francis en état d'arrestation. Je croyais plutôt que les policiers le relâcheraient après quelques heures, dit maman, inquiète.

— Les empreintes digitales sont venues brouiller les pistes, mentionne Enrique.

— Il devrait tout de même être relâché sous conditions très bientôt, ajoute Aurélie, positive.

Enrique fait tinter les glaçons dans son verre en lui imprimant un mouvement de rotation. Il contemple le liquide rougeâtre avec circonspection, comme s'il pouvait arriver à une solution grâce à la complicité de son verre. Au bout de quelques secondes de silence laissant presque percevoir les réflexions de tous et chacun, Enrique me demande:

— Comment l'as-tu connu, ce type?

— Je l'ai rencontré à l'aréna, mon amie Sandrine le connaît un peu.

Enrique continue, prenant son rôle d'Hercule Poirot au sérieux :

— Et tu l'as fréquenté longtemps ?

Je réponds évasivement, agacée par cet interrogatoire qui me fait sentir encore plus mal à l'aise :

— Quelques semaines, tout au plus, puis je suis partie pour l'Europe. Pourquoi donc ?

— Parce que plus on en sait sur cet assassin, meilleures seront les chances de retrouver sa trace, répond-il.

Maman intervient, ayant sûrement cerné mon malaise :

— Sandrine sait peut-être où il se cache.

— Tu penses vraiment qu'il va fanfaronner à tout son entourage à quel endroit il se planque ? Il est peut-être déjà retourné aux États-Unis, dis-je impatiemment.

Cette fois-ci, c'est Aurélie qui vient à mon secours. Cette sordide histoire a au moins eu l'effet bénéfique de nous rapprocher toutes les deux. On dirait qu'une nouvelle complicité s'est installée entre nous depuis que nous partageons une même peine.

— Laissons donc les enquêteurs accomplir leur travail. Ils vont bien se rendre compte que Francis n'a rien à voir avec toute cette histoire.

Malheureusement, je ne partage pas l'optimisme de ma belle-sœur. Je ressens même l'urgence de dévoiler à tout le monde ce qui me procure tant de soucis. J'ai l'impression que de partager mes inquiétudes avec eux contribuera à soulager ma conscience qui déborde littéralement de pensées négatives. Après un court moment de réflexion, puis un profond soupir, j'explique :

— J'espère que tu as raison, Aurélie, cependant, les preuves semblent converger vers la culpabilité de Francis. D'abord, il n'y a aucun témoin du meurtre, à part moi qui ai toutes les raisons de disculper le principal suspect parce que c'est mon frère. Ensuite, l'imbécile de voisin qui a alerté les policiers a mis le nez dehors après avoir entendu le coup de feu. Il n'a donc pas vu Bingo qui a eu le temps de sauter du balcon. Pour mal faire, il a aperçu Francis juste au moment où celui-ci posait la main sur le revolver. Il a donc conclu qu'il déposait l'arme sur le sol. De plus, les policiers pensent que je mens, car je n'ai qu'un surnom à leur donner, pas de vrai nom, ni d'adresse… rien. Je n'ai pas non plus réussi à identifier Bingo parmi toutes leurs photos. À leurs yeux, mon histoire ne tient pas la route.

Maman ne dit rien, songeuse. Elle renifle et essuie ses yeux rougis. On dirait qu'elle réalise enfin l'ampleur du guêpier dans lequel Francis se trouve. Les mots me manquent pour la réconforter, étant moi-même plutôt pessimiste. Heureusement, Enrique s'adresse à elle sur un ton rassurant :

— Ne t'inquiète pas, ma tante. Tout finira par s'arranger.

Le bonheur que me procure le retour de ma mère commence déjà à s'émousser, cédant la place à ce sentiment de culpabilité qui me colle à la peau et qui ne cesse de s'amplifier à mesure que je constate l'étendue des dégâts. Je ne peux supporter de voir la peine que cette histoire inflige à tout le monde, surtout à maman dont la seule erreur a été de pécher par un excès de confiance envers moi. Discrètement, je me lève de table, bredouille de vagues excuses et quitte l'appartement. Mon premier réflexe serait d'aller me réfugier chez Sandy. Cependant, je me suis promis de la tenir le plus possible en dehors de cela. J'opte donc pour le parc où les arbres m'attendent avec leurs rameaux réconfortants. Je m'étends sur le premier banc et contemple le bleu du ciel entre les panaches verdoyants. Après quelques minutes à emplir mes yeux de l'azur du ciel, je réalise qu'il n'est pas facile de me débarrasser de cette tension qui m'habite. Impossible de trouver la paix d'esprit malgré le calme qui règne en cet endroit.

Je me relève donc, indécise, et me dirige vers le boulevard ou plusieurs commerces ont pignon sur rue. J'entre au dépanneur et commence à y feuilleter des revues, espérant m'évader pendant quelques minutes. Cette tentative s'avère cependant vaine puisque je tombe sur un article portant comme titre : «Mon enfer en prison».

Je me débarrasse de ce magazine et quitte l'endroit ayant la conviction d'être victime d'un complot, orchestré pour me faire sentir davantage coupable. J'emprunte le trottoir de gauche et me dirige vers l'intersection. Je coupe de biais au milieu d'une station-service où l'odeur particulière de l'essence se mêle à celle du caoutchouc neuf. Comme par enchantement, le nœud qui m'enserre l'estomac commence à se délier et je sens cette fébrilité malsaine se dissiper tout doucement. L'atmosphère pue, mais je respire mieux. Cette odeur particulière a pour moi un *je ne sais quoi* d'apaisant.

Ayant retrouvé une partie de mon calme, je me sens soudainement mieux armée pour faire face à la situation. Je choisis donc de mettre le cap vers la maison, réalisant qu'il m'est impossible de fuir une réalité qui m'habite désormais. Je dois apprendre à vivre avec elle en espérant que le temps qui passe viendra à mon secours.

Je retourne chez moi en traversant un petit parc et en empruntant ensuite le droit de passage qui débouche sur ma rue. J'arrive devant la maison en même temps qu'une voiture banalisée de laquelle s'extirpe, de peine et de misère, un policier bedonnant chargé de l'affaire. Dans ses mains, il tient ce qui ressemble à une perruque blonde.

— Eh! Toi! Tu es bien Rosalie Pelletier?

— Oui.

— Est-ce que le nom de Laszlo Horvath te dit quelque chose?

20

Yin et Yang

Nous avons tous en nous une petite voix. Certains l'appellent l'instinct, d'autres la conscience ou plus humblement «mon petit doigt».

Depuis mon retour de Hongrie, je ne pouvais m'empêcher de m'imaginer que mon oncle, le dénommé Lazslo Horvath, était peut-être à ma recherche. D'abord, nous recevons ces lettres d'Europe qui laissent sous-entendre qu'il essaie de retrouver ma piste. En Hongrie, ma grand-mère me raconte qu'elle n'a pas vu son fils depuis longtemps, qu'il est toujours en cavale quelque part… Et puis, il y a cette voiture stationnée devant chez moi. Cependant, celle-ci est conduite par une femme, sauf le jour où je me fais attaquer par Bingo.

Dans le plus grand des secrets, je n'ai pu m'empêcher d'élaborer un scénario plausible qui aurait pu constituer une explication à tout cela. Cependant, comme mon petit doigt me semblait une source plus ou moins fiable, je n'ai parlé de cette intuition à personne. Je me disais qu'un obscur oncle, même curieux de retrouver ma trace, ne se serait jamais donné la peine de se déplacer jusqu'ici, dix ans après mon adoption.

J'avais donc relégué cette possibilité aux oubliettes, jusqu'à ce qu'elle refasse surface avec la déclaration de Francis selon laquelle l'homme me connaissait. Je n'ai malheureusement pas pu élucider tout ce mystère avant l'arrestation de mon frère. Et voilà que cet inspecteur, en une simple question, vient confirmer ce que je redoutais le plus.

Bingo a assassiné mon oncle.

J'ai donc répondu par l'affirmative alors que j'aurais souhaité dire exactement le contraire. Le policier a par la suite manifesté le désir de rencontrer ma mère, sachant qu'elle était sans doute de retour du Mexique.

Une espèce de torpeur s'empare de moi alors que je gravis les marches menant à notre domicile. Cet homme vient de me confirmer le décès d'un des seuls membres de ma famille biologique.

256

Des sentiments contradictoires luttent entre eux dans mon esprit surchargé d'émotions. Finalement, alors que maman descend et ouvre la porte d'entrée, mon regard se pose sur ses prunelles sombres. Un profond sentiment de colère s'empare de moi. La colère de n'avoir pu observer de près les yeux de cet inconnu. Peut-être qu'au fond de ses iris, j'aurais pu découvrir un éclat de lumière familière. Car c'est au fond d'un regard que se dissimule, discret, le passé d'une personne. Or, il y a peut-être une minuscule Rosa gitane embusquée derrière les paupières désormais closes de cet homme qui m'a connue enfant.

Et Bingo l'a tué.

Intriguée, maman invite l'enquêteur à s'asseoir au salon. Il se fraie un passage entre les valises et les sacs de voyage qui traînent dans l'entrée. Maman baragouine de vagues excuses, lui fait signe de s'asseoir sur le divan et lui offre un café.

— Non merci, répond-il en s'assoyant. Vous êtes bien la mère de Rosalie ? demande-t-il.

— Et de Francis, rectifie maman en prenant place à côté de lui. Quand sera-t-il libéré ? Mon fils est innocent, vous savez, monsieur.

— Bientôt, madame. Je ne sais pas pourquoi c'est si long. Peut-être que le juge a décidé d'attendre le rapport du médecin légiste qui a effectué l'autopsie. Par contre, nous avons mis la main sur un appareil photo dans la voiture. Il contient possiblement des informations qui feront progresser l'enquête. Nous le saurons demain.

Il continue, s'adressant à maman, comme si j'étais disparue entre les deux coussins du canapé.

— Nous avons aussi retrouvé les papiers d'identité de la victime. Il s'appelait Laszlo Horvath et voyageait avec un passeport hongrois. On pense qu'il cherchait à se déguiser car on a trouvé cette perruque sur le siège de sa voiture. Ça vous dit quelque chose? Vous le connaissiez?

Maman me jette un regard incrédule.

— Non, mais ma fille arrive de Hongrie, justement et on lui a parlé de cet homme. Et puis, il avait déjà écrit ici. Rosalie, tu as toujours la lettre?

L'inspecteur a déposé sur la table à café un passeport bourgogne aux coins écornés. Sans répondre à maman, je lui demande:

— Je peux voir?

— Bien sûr, me dit-il en le poussant vers moi.

Fébrile, je feuillette les pages à la recherche de la photo. Je tombe dessus rapidement et regarde dans les yeux le frère de mon père. Ça me fait tout drôle de penser à ces mots «de mon père». Je reconnais le front étroit, les yeux ombragés par les sourcils en bataille et le menton autoritaire. C'est bien l'homme que j'ai vu, à Pecsvarad, sur une photographie que m'avait montrée ma grand-mère.

Au moment où je pense au triste regard de cette vieille vendeuse de fleurs, ma colère, subitement, se transforme en une immense peine. Ma pauvre *Nagymama* a perdu son second fils, alors qu'il était simplement venu ici pour me retrouver. Incapable de retenir mes larmes plus longtemps, je me précipite vers ma chambre, bien décidée à ne pas me donner en spectacle devant cet inconnu qui m'a l'air aussi sensible qu'un clou de quinze centimètres galvanisé.

J'ouvre la porte de ma chambre et arrive face à face avec Sandy qui m'attendait patiemment, assise à mon bureau de travail. La surprise de la trouver là me change momentanément les idées et je me jette dans ses bras, trop heureuse d'avoir quelqu'un à qui me confier. Après tout, elle apprendra toute l'histoire tôt ou tard, aussi bien la mettre au parfum sans plus tarder.

— Ta mère n'a pas eu le temps de te dire que j'étais ici, m'explique-t-elle. Je n'ai pas osé vous interrompre…

— C'est pas grave... Si tu savais, Sandrine, dans quelle merde je me trouve...

— Je sais.

— Non, tu ne sais pas ! Tu ne peux pas t'imaginer toutes les horreurs qui nous arrivent depuis... depuis que j'ai fait confiance à cette crapule.

— Je sais, ta mère m'a raconté... et puis, c'était dans le journal, ce matin.

— Dans le journal ? Oh, non, tout le monde va le savoir à l'école.

— Je regrette tellement de t'avoir présenté Bingo. C'est ma faute tout ça, dit mon amie, visiblement bouleversée. Si j'avais su qu'il était si malhonnête...

— Ne recommence pas avec ça, s'il te plaît. Il y a bien assez de moi qui me sens coupable. Tu ne pouvais pas savoir.

— Je m'en doutais un peu. Je n'aurais jamais dû te mêler à ça.

Nous sommes assises toutes les deux, appuyées sur la tête du lit. Je tiens mon grand toutou noir au chapeau rayé que Francis m'avait donné il y a dix ans, à l'hôpital, en France. Quant à Sandrine, elle a passé son bras autour de mes épaules. Elle hésite un moment, puis me dit :

— J'avais peur que tu m'en veuilles... à cause de Bingo.

— T'en vouloir, à toi ? Mais pourquoi ?

— Je ne t'ai pas tout dit quand j'ai admis me douter qu'il était malhonnête.

— ...

Elle continue, songeuse, triturant le bout d'une de ses nombreuses petites tresses.

— En fait, on le savait qu'il menait des activités louches, mais on n'avait aucune preuve, seulement des soupçons basés sur son attitude, sa voiture chère, et tout...

Je soupire, ne trouvant rien d'intelligent à dire. Sandrine continue sur le ton de la confidence.

— Et puis j'ai bêtement pensé que s'il fréquentait enfin une fille sérieuse, il finirait par revenir naturellement vers le droit chemin.

— Tu m'avais confié toute une responsabilité !

— Je le regrette tellement, Rosalie... Comment ai-je pu être si crédule ? Mais, tu sais, s'il est rendu là, c'est plus ou moins sa faute. Sa mère n'avait que seize ans lorsqu'il est né. Il a été élevé à gauche et à droite, dans divers quartiers douteux, parfois ici, ou encore aux États-Unis. Il n'a pas pu compléter l'école et je suppose que la délinquance est devenue pour lui une façon de se valoriser. Il n'avait pas grand-chose à perdre en tout cas et beaucoup à gagner... jusqu'à ce qu'il commette une gaffe.

— En effet...

— Quoiqu'il en soit, j'espère sincèrement que tu ne croiras pas que tous les gens de couleur sont comme lui.

— Mais non, voyons, il ne faut pas généraliser. Je suis mal tombée, c'est tout. On dit que l'argent n'a pas d'odeur. Eh bien, le banditisme n'a pas de couleur ! Les quotidiens sont remplis de criminels qui proviennent de tous les milieux, qui sont issus de toutes les nationalités. Dans le fond, Bingo n'est qu'un pauvre minable qui s'est enflé la tête.

— Et qui est devenu un assassin, complète Sandrine.

Le miroir accroché au mur d'en face nous renvoie notre image. Je porte un long t-shirt blanc, sur lequel se découpe mon chat noir en peluche. Sandrine, appuyée sur moi, est vêtue d'un chandail noir à manches longues. Sur ses genoux, elle tient un petit coussin rond et blanc qui orne mon lit d'habitude.

À nous voir toutes les deux ainsi fusionnées en ce contraste de couleurs, on dirait le yin et le yang, l'harmonie parfaite d'un clair-obscur, l'équilibre d'une amitié solide fondée sur la confiance, dans l'indifférence totale de nos cultures. C'est drôle comme l'amitié et le respect mutuels effacent facilement les différences.

Sandrine et moi arborons toutes les deux un air si misérable que nous nous ressemblons, avec nos yeux rougis et notre nez qui suinte. Pour ajouter à l'effet d'ensemble, on se mouche exactement au même moment. On ne peut retenir un petit sourire, ce qui a pour effet de dédramatiser la situation. Puis Sandrine propose d'aller voir le policier pour dire le peu qu'elle sait de Bingo.

— Au moins, ils vont peut-être te croire si je corrobore tes dires, ajoute-t-elle.

— Je vais aussi lui montrer la lettre que mon oncle avait écrite, dis-je en fouillant sur mon bureau.

Sandrine se présente donc devant l'inspecteur, un peu surpris de voir mon amie surgir de ma chambre. Elle se présente et explique :

— C'est vrai que Rosalie se faisait harceler par un gars surnommé Bingo. Je crois qu'il vend de la drogue. En tout cas, il fait partie d'un gang, j'en suis à peu près certaine.

Intéressé, le détective sort son calepin.

— Tu le connais depuis longtemps ?

— Assez, oui, mais je n'ai aucune idée de l'endroit où il habite. Il vit à New York d'habitude ou dans le New Jersey, plutôt.

— Tu sais son nom ?

— Marcus Joseph. Mais tout le monde l'appelle Bingo. Vous allez l'arrêter ? Je suis certaine que Francis n'a pas tiré. Il n'aurait jamais fait une chose pareille.

— Je sais, mais il nous faut des preuves tangibles. Et pour cela, il faut qu'on retrouve ce dénommé Joseph. À l'heure qu'il est, il peut être rendu loin ! Nous vous tiendrons au courant, pour les photos, ajoute-t-il en se levant.

○

Francis a été libéré hier en fin d'après-midi. Il n'a pas le droit de quitter l'appartement, mais au moins, il est avec nous. Il doit rester disponible pour répondre à d'éventuelles questions. Le pauvre était éreinté quand il est arrivé. Il n'avait pas fermé l'œil de la nuit. Il était surpris et heureux de voir maman, mais sidéré lorsque son cousin a surgi dans le salon. Ils se sont fait une accolade monstre, puis se sont mis à discuter pendant des heures. Francis s'est finalement endormi sur le canapé, épuisé par tous ces événements, mais heureux de se retrouver dans ses affaires.

J'ai encore manqué l'école aujourd'hui. J'ai trop hâte de savoir ce qu'il y a sur les photos de Laszlo Horvath. Je suis tellement stressée que je ne vois pas comment je pourrais suivre quelque cours que ce soit. Surtout que j'ai toute une semaine à rattraper. Maman a bien insisté ce matin, pourtant :

— Allons, Rosalie, fais un effort. Plus tu tardes, pire c'est. Et puis, personne ne t'a dénoncée, ils ne sont peut-être pas au courant de toute l'histoire !

Dans le fond, elle se doute bien que j'ai peur d'affronter tout ce monde qui m'a vue dans le journal, affublée du nom d'une Italienne et recherchée pour trafic de stupéfiants. Je suis fatiguée de ressentir de la honte, de la colère ou de la peine. Je n'en peux plus. Alors, à quoi bon me jeter aujourd'hui dans la gueule du loup. Demain fera aussi bien l'affaire ! Et peut-être que le fauve sera moins affamé.

Une chance au moins que je n'ai pas à faire face aux filles de l'aréna, me dis-je en essayant d'oublier que j'ai définitivement mis de côté mon activité préférée pour toujours. Aussi bien m'enlever ça de la tête et centrer les énergies qu'il me reste pour arriver à disculper Francis et rafistoler ainsi le peu qui soit encore possible de réparer. Alors, je réponds à maman que je préfère rester à la maison et tenir compagnie à Francis. D'ailleurs, celui-ci semble cacher sa nervosité derrière une désinvolture un peu déroutante. Il ne cesse de nous répéter :

— Allons, ce n'est qu'une question de temps, ils vont retrouver ce type et je serai blanchi de ces accusations mensongères.

Heureusement, nous n'avons pas eu à attendre très longtemps. Un téléphone du poste nous apporte enfin une bonne nouvelle. On nous explique que la pellicule a révélé des détails très intéressants et que l'on peut même venir chercher le double des photos. Soulagée, je me porte volontaire pour y aller. Aurélie m'accompagne. Nous avons réellement hâte de savoir ce que contient le mystérieux appareil. Espérons que ce sera assez accablant pour inculper Bingo et blanchir Francis par le fait même.

Une heure plus tard, Aurélie et moi revenons du poste munies d'une enveloppe brune cachetée. Malgré notre curiosité, nous avons gardé l'enveloppe intacte, ayant promis aux autres de les attendre pour en examiner le contenu.

Le plus curieux, ou le moins angoissé d'entre nous, Enrique, décolle le rabat de l'enveloppe et étale les clichés sur la table, ayant soin de ne pas intervertir l'ordre des photos. Ce qui se dévoile sous nos yeux est absolument incroyable.

Mon oncle m'avait photographiée, à plus d'une dizaine de reprises ! Comme les clichés sont datés et que même l'heure figure au bas de chaque photo, il est facile de reconnaître l'endroit où elles ont été prises.

D'abord, on me voit sortant de la maison, partant pour l'école, puis avec mon sac de patins sur l'épaule. Ensuite, c'est incroyable, il y a trois photos consécutives où je suis sur la glace, lors de ma dernière compétition. Aucune ne me montre lors d'une de mes chutes. Il a plutôt choisi des figures élégantes qui me mettent en valeur.

— Eh bien, dit maman. Il t'a suivie jusqu'à l'aréna? Et tu ne t'es rendue compte de rien?

— Bien non… J'étais centrée sur la performance que j'avais à exécuter. Et puis, les gradins étaient bondés. Comment veux-tu que je m'aperçoive que quelqu'un me photographie?

Enrique continue à étaler les photos une à une, comme un croupier lors d'une partie de poker. On espère tous qu'il y aura un cliché suffisamment clair qui puisse aider à identifier Bingo. On n'a pas à attendre longtemps qu'on aperçoit l'image du jeune homme, de dos, sonnant à la porte de notre maison. Puis, une autre où je pars avec Francis pour l'aéroport. Aurélie commente, impressionnée:

— Il était tôt ce jour là! Le monsieur couchait-il dans sa voiture?

— C'est plausible, répond Francis, silencieux jusque là. Ou bien il était très matinal. Il ne prenait que des photos le jour, ajoute-t-il songeur.

— Probablement pour ne pas attirer l'attention avec l'éclair d'un flash, dis-je, fière de ma déduction.

— De toute manière, tu ne sors pas le soir, alors quelle photo aurais-tu voulu qu'il prenne ? ajoute maman naïvement.

— C'est vrai, dis-je sans trop de conviction. Mais pourquoi portait-il une perruque ?

— Sans doute pour avoir l'air inoffensif, pour ne pas t'effrayer, explique Francis.

— Mais pourquoi n'a-t-il pas sonné à la porte, dès le début tout simplement ? demandé-je intriguée par tout ce mystère.

— Peut-être qu'il voulait t'observer un peu pour voir si tu es heureuse, explique maman.

— Il ne voulait pas bouleverser ta vie, il préférait se faire discret allant même jusqu'à se déguiser pour ne pas éveiller les soupçons, ajoute Aurélie.

Resté silencieux, Enrique reprend l'examen des dernières images. Nous espérons tous y trouver un portrait de face, ou quelque chose d'incriminant pour Bingo. Lorsque le cousin pose les dernières photos sur la table, nous ne pouvons en croire nos yeux. La première montre Bingo qui me tient par le bras, l'air agressif. La seconde a été prise quelques secondes plus tard, alors que mon attaquant coince son revolver entre mes côtes. Pris de profil, le cliché permet clairement de voir le poing ganté de Bingo, refermé sur une arme à feu. La troisième image nous montre Bingo de face. Je suppose qu'elle a été prise au moment où mon oncle a klaxonné pour détourner l'attention de mon assaillant.

Nous restons tous bouche bée, incrédules devant la volubilité de ces images qui en disent plus long que n'importe quel témoin. Jusqu'à la dernière minute, M. Horvath a pris des clichés, ignorant qu'il s'agissait des tout derniers moments de sa propre vie. Le pauvre homme ne se doutait sûrement pas que sa présence d'esprit permettrait de disculper l'homme accusé à tort de son propre meurtre. C'est finalement Aurélie, retrouvant sa spontanéité habituelle, qui rompt le silence.

— Génial ! Il a tout photographié ! Avec ça, ils vont arrêter Bingo et laisser Francis tranquille, c'est sûr !

Elle saute dans les bras de mon frère qui l'étreint longuement, soulagé d'un poids immense. Pendant ce temps, j'observe le visage de maman qui est devenu exsangue. Je ne l'ai jamais vue si pâle… Elle aussi me prend dans ses bras et me serre contre son cœur si fort que j'ai peine à respirer. Par ces trois images où elle pouvait lire l'effroi sur mon visage et voir cet objet destiné à tuer rivé sur moi, maman a réalisé à quel point sa fille chérie l'avait échappé belle.

— Mon Dieu, Rosalie, c'est horrible… Plus jamais je ne te laisserai seule… Plus jamais ! murmure-t-elle dans mes cheveux.

Les longues minutes que durent l'étreinte de maman me permettent de réaliser que, malgré mon jeune âge, j'ai échappé de près à la mort et ce, à deux reprises.

La première fois, à l'âge de cinq ans, prisonnière d'un trou d'eau. La seconde, dix ans plus tard, encore prisonnière d'un fossé virtuel dans lequel je me suis petit à petit enfoncée et qui, lui aussi, a failli m'engloutir.

Volontairement, j'ai mis de côté les facettes de ma vie d'adolescente qui me maintenaient la tête hors de l'eau. J'ai négligé mes études, abandonné le sport, courtisé le danger en me laissant entraîner sur des sentiers plus que douteux… Je me suis ainsi retrouvée encore une fois au fond d'un trou, insidieux, aussi cruel que celui auquel j'ai échappé à Vieille-Aure.

Sauf que cette fois-ci, Francis n'était pas là pour moi, maman non plus. Mais mon oncle y était. Alors qu'il y a dix ans, il n'a rien pu faire pour moi, cette semaine, dissimulé sous le couvert de l'anonymat, il a pris soin de moi.

Décidément, je suis entourée d'anges gardiens qui apparaissent dans ma vie aux moments les plus opportuns.

— Ça va aller, maman. C'est fini… Tout devrait rentrer dans l'ordre maintenant, dis-je pour essayer de la consoler.

21

Le 18 juin

Je ne sais ce qu'ils fabriquent en haut. Depuis que Francis a été complètement blanchi des accusations qui pesaient sur lui, il se trame quelque chose.

Ça ne fait pas encore une semaine que la vie a repris son cours normal et j'ai à nouveau le sentiment qu'on ne me dit pas tout. Bien sûr, je passe mes journées à l'école et mes soirées attablée en tête à tête avec ma calculatrice et mes manuels afin de rattraper le temps perdu, je ne peux donc participer à tout ce qui se passe à la maison. Il faut que je prépare mes examens qui commencent dans quelques jours. J'espère d'ailleurs obtenir les meilleurs résultats possibles, ce qui mettrait un peu de baume, si léger soit-il, sur les plaies laissées par l'arrestation de Francis.

Comme prévu, les accusations contre Francis sont tombées dans les heures qui ont suivi l'examen des photos. À mon avis, Francis leur a servi de tête de Turc. Ça paraît bien aux yeux de l'opinion publique de détenir un suspect, même s'il est innocent. Heureusement que son avocat avait exigé sa libération sous conditions, même avant les preuves photographiques. En effet, les analyses plus poussées des pièces à conviction ont prouvé finalement l'innocence de Francis ; les empreintes digitales ne se retrouvaient que sur la crosse et le canon du revolver. Il n'y en avait aucune sur la gâchette… Aucune trace de poudre sur la main de mon frère, non plus. Bref, pas de quoi incriminer qui que ce soit, pas même un chat !

Mais bon, les enquêteurs des crimes contre la personne espéraient bien tenir le coupable. Ils croyaient que j'avais été attaquée par l'inconnu et que Francis avait voulu se porter à ma défense… et que justement, ce matin-là, alors qu'il déjeunait tranquillement avec sa femme enceinte, mon frère avait en sa possession une arme illégale chargée à bloc.

Leur scénario ne tenait pas la route depuis le début, sauf qu'il leur fallait des preuves tangibles, comme ces photos qui ne laissent aucune chance à Bingo. D'ailleurs, ils ont montré son visage au bulletin de nouvelles et dans le journal aussi. C'était à son tour de faire la manchette. Ils l'ont arrêté deux jours plus tard. Il se terrait quelque part dans l'ouest de la ville, chez les vieux parents d'un ami. Ceux-ci l'ont dénoncé aux autorités dès qu'ils l'ont reconnu au petit écran.

Francis était tellement heureux de sortir de ce cauchemar qu'il n'a pas songé à m'en vouloir. Il aurait dû, pourtant. C'est moi qui ai ouvert cette boîte de Pandore et bizarrement, on dirait que personne ne m'en veut.

Est-ce parce qu'ils m'aiment trop? Ou parce que la joie que tout se termine bien leur a fait oublier que j'étais l'instigatrice de cette brochette de malheurs qui s'enfilent, un à la suite de l'autre, comme des cubes de viande sur un shish kebab?

Je pense qu'ils me pardonnent à cause de mon jeune âge. Mon attrait inexplicable pour le côté délinquant de ce type était peut-être dû à mon inexpérience ou à ma naïveté. Sans doute aussi que je me suis sentie seule sachant maman à l'autre bout du continent et Francis obnubilé par la grossesse difficile d'Aurélie.

Bref, j'ignore comment il se fait que personne ne m'en veuille. Même Enrique, si conservateur et discipliné, ne m'a adressé aucun reproche. Peut-être ont-ils compris que j'avais mal à l'âme. D'un accord tacite, ils auraient conclu que j'avais été assez punie comme ça. En tous cas, je les aime encore plus que je ne le croyais et malgré toutes nos disparités, nous formons une famille incroyablement unie.

Dommage que *Nagymama* habite si loin. En ce moment, c'est la seule ombre au tableau. Elle doit être au courant du décès tragique de son fils à présent. J'aurais souhaité être là, dans sa minuscule chambre mal éclairée, pour la consoler un peu. Pour lui prouver que sa famille ne se limite pas à ses vieilles photos jaunies accrochées au mur, mais que je suis là maintenant, que j'existe moi aussi.

J'entends des pas dans l'escalier. Quelques secondes plus tard, Francis apparaît sur le seuil de la porte d'entrée. Son sourire est encore plus lumineux qu'à l'habitude et ses cheveux sombres ondulent légèrement sous l'effet de l'humidité de juin. Mais, c'est surtout son regard que j'aime. Il est tellement pénétrant qu'on dirait qu'il peut deviner les voyages les plus fantastiques de mon imagination.

— Est-ce que t'as bientôt terminé ? me demande-t-il en posant les yeux sur mes cahiers.

Ça doit faire au moins quinze bonnes minutes que je n'ai pas écrit une ligne, égarée que j'étais parmi mes pensées.

— Non, pas encore, dis-je résignée. De toute manière, jamais je n'y arriverai. Que faites-vous, tous, en haut ? Pourquoi m'empêchez-vous de monter ?

— Tu verras, dans … dix minutes, environ dit-il en consultant sa montre.

C'est la première fois que je me retrouve seule avec lui depuis les événements. Pendant toute la semaine, on ne l'a pas lâché d'une semelle. Il était si heureux de retrouver Aurélie et de partager du temps avec son cousin. Ils ont passé des soirées entières à se remémorer leurs souvenirs de voyages. De plus, il a profité de ces quelques jours de congé pour préparer la chambre du bébé qui naîtra dans quelques mois.

Cependant, depuis le milieu de la semaine, la routine s'est doucement réinstallée. Francis est retourné travailler, chantier oblige ! Quant à Enrique, il repartira pour le Mexique mardi prochain.

Je profite donc de ce moment de solitude pour enfin questionner mon frère au sujet des dernières paroles de mon oncle. Nous nous assoyons sur le canapé du salon et sans tarder, je lui pose la question qui me brûle les lèvres.

— Francis… Qu'est-ce qu'il a dit à mon sujet, avant de mourir?

Pour toute réponse, mon frère soupire et se lance dans une grande explication.

— Tu sais, quand j'étais tout petit, je croyais dur comme fer au père Noël. Chaque année, je l'attendais impatiemment, les yeux brûlants de sommeil, espérant son arrivée rituelle. Invariablement, il apparaissait, vêtu de son costume écarlate et entrait par la porte arrière. Ses bottes noires luisantes laissaient dans son sillage des traces de neige et d'eau sur le plancher de la cuisine. Il s'installait dans la bergère près du sapin et je m'assoyais sur ses genoux. Un à un, il sortait de son sac tous les jouets dont je rêvais. Puis, quand j'avais terminé de tout déballer, il se levait, m'expliquant qu'il devait continuer sa tournée. Et il repartait, comme il était venu.

Or, je ne me suis jamais arrêté à me demander où se trouvait papa pendant la visite du père Noël. Je ne remarquais tout simplement pas son absence. Ou plutôt, je ne voulais pas m'en rendre compte…

Francis s'interrompt, laissant cette dernière phrase en suspens, regardant droit devant lui, comme s'il arrivait à visualiser ses souvenirs d'enfance.

Impatiente, je romps le silence en demandant:

— Quel rapport avec l'homme mort dans la rue ?

— Tu vois, Rosalie, dans la vie, parfois, les réponses ne viennent pas tout de suite. On ne comprend que plus tard, ou même jamais.

Après une pause, il reprend son histoire.

— Après la mort de papa, les choses ont changé. Le Père Noël n'est plus jamais venu pendant la soirée. Il déposait les paquets au pied de l'arbre, simplement, au cours de la nuit. Et puis… un jour, deux ou trois ans plus tard, alors que je cherchais un costume pour l'Halloween, j'ai fouillé dans un grand coffre de cèdre, bien caché dans la salle de la fournaise.

— Et alors ?

— Alors, j'y ai trouvé le costume rouge de père Noël. Il y avait les bottes qui étaient fausses, en vinyle et même la barbe postiche.

— …

Il continue, la voix éteinte.

— Et c'est comme ça que j'ai compris que le père Noël n'existait pas. Et que les plus beaux souvenirs qu'il me restait de mon père étaient masqués par une supercherie. C'est ce jour-là que j'ai vraiment pleuré la mort de mon père. Trois ans plus tard. J'ai pleuré de tristesse mais aussi d'amertume en songeant que, dans mon cœur d'enfant, le sourire de mon père était caché derrière une barbe aux fausses boucles platine.

Il rajoute, après quelques secondes :

— C'est donc ce jour-là que j'ai définitivement enterré mon père et mon enfance.

— Quel gâchis. Ta mère aurait dû le jeter ce costume, non ?

— Pour elle, c'est un beau souvenir, sans doute. La preuve que toute chose est relative.

— Excuse-moi, Francis, mais je ne saisis pas le lien entre ton histoire et la question que je t'ai posée... Tu ne veux pas me répondre ?

— Ce n'est pas ça, Rosalie. Je voulais que tu saches qu'il y a des choses qu'on ne comprend que plus tard.

— Ça, tu l'as déjà dit.

Francis continue, baissant la voix, comme pour me confier un secret.

— Il a chuchoté : «Dites à Rosa», en espagnol.

— Dites à Rosa ? Il avait donc un message pour moi ?

— Visiblement.

— Il n'a rien dit d'autre ?

— Non, rien d'autre, je regrette.

— Comment vais-je savoir, alors, puisqu'il est mort ?

— Mon père aussi était mort quand j'ai découvert le costume. Peut-être qu'un jour, tu apprendras ce qu'il voulait te révéler, cet oncle.

— Mais, ça n'arrivera jamais ! dis-je découragée.

— Peut-être plus tôt que tu ne le penses, rajoute-t-il l'air narquois. Allons, il est l'heure de monter. Tu viens ?

Je monte donc l'escalier encore très intriguée par la mystérieuse révélation de mon frère et par ce qui se trame dans l'appartement du haut.

Francis ouvre la porte d'un seul coup. Médusée, je vois toute ma famille ainsi que Sandrine me souriant, tenant tous à la main une flûte de champagne. Ils sont emberlificotés dans des rubans multicolores et portent sur leur tête de ridicules chapeaux coniques. Au-dessus d'eux, accrochée bien en évidence, une banderole colorée affiche un Bonne fête !!! des plus indiscrets.

Éberluée, je ne sais que balbutier :

— Mais… ce n'est pas ma fête… Ce n'est qu'en septembre voyons !

Maman s'avance, émue et m'embrasse en me disant :

— Bon anniversaire, Rosalie. Tu as seize ans aujourd'hui.

Puis tout le monde s'avance, à tour de rôle, pour m'embrasser, pendant que Francis me verse un peu de mousseux. Il ajoute à la cacophonie générale :

— On n'a pas seize ans tous les jours, il faut fêter ça dignement.

Je m'assois donc au salon. Sur la table à café s'empilent des boîtes soigneusement emballées. Comme je n'ai toujours pas compris ce soudain changement de date de naissance, je questionne maman à nouveau :

— Mais, qu'est-ce que ça signifie ? T'as appris de nouvelles choses sur moi, c'est ça ?

— Sois un peu patiente, tu comprendras bientôt. En attendant, regarde un peu ce que tu as reçu !

L'effet de stupeur n'est pas encore totalement dissipé. J'ai donc du mal à apprécier qu'on me comble ainsi de cadeaux, en plein milieu de juin, alors qu'il n'y a rien à célébrer.

— Vous êtes sûrs que c'est mon anniversaire ? dis-je pour me convaincre.

C'est Sandrine qui réussit à me faire comprendre que je ne rêve pas.

— Mais si, dit-elle en passant ses bras autour de mon cou. Pour qui crois-tu qu'on a préparé tout cela ? ajoute-t-elle en me montrant la table de cuisine croulant sous le poids des victuailles.

— Allons, commence donc par ceci, insiste Enrique en me tendant une enveloppe mauve.

J'ouvre et découvre une jolie carte de fête dans laquelle se trouve un certificat-cadeau pour le centre commercial du voisinage.

— Tu t'achèteras ce qui te plaît, explique-t-il pendant qu'Aurélie me tend un sac décoratif débordant de papier de soie.

— Merci, dis-je gênée.

Je déballe un maillot de bain qui me faisait drôlement envie. Nous l'avions vu ensemble, quelques semaines plus tôt alors que nous faisions des achats, Aurélie et moi. Au fond du sac, je trouve également des sandales de plage de la même couleur.

— C'est trop, dis-je embarrassée… et c'est même pas ma fête, en plus. Pourquoi me gâtez-vous ainsi alors que je vous ai causé tant de problèmes ? Vous me mettez mal à l'aise…

Sandrine interrompt mes jérémiades en me tendant son cadeau, une petite boîte, magnifiquement ornée d'un origami. J'y trouve un collier fait de perles roses et des boucles d'oreilles assorties. Je sais qu'elle les a fabriqués elle-même. Elle a tout le matériel à la maison pour confectionner des bijoux montés sur du fil de fer.

— Wow ! dis-je, il est génial !

Pendant que mon amie passe le collier autour de mon cou, maman s'avance et me tend une grande boîte rectangulaire. Après avoir déchiré le papier d'emballage et ouvert le paquet, j'en extirpe une superbe robe de patinage. De couleur bleu paon, ornée de paillettes irisées, elle laisse une épaule nue. Un léger voile translucide fait office de jupe.

À la vue de cette splendeur, mes yeux s'embuent et je me rends compte que maman n'a pas compris que j'ai réellement arrêté de patiner... Elle pense peut-être que je ne vais plus à l'aréna à cause de tous les travaux scolaires que j'ai à rattraper. Je n'ai sans doute pas été assez claire à ce sujet.

— Alors, comment la trouves-tu? demande-t-elle les yeux brillants. Je suis certaine que tu vas gagner de nombreuses médailles avec cette robe.

Évidemment, je ne peux retenir une larme en pliant soigneusement la robe et en la remettant dans sa boîte. Même si le patinage me manque terriblement, jamais je n'admettrai que j'ai fait une erreur en vendant mes patins... Ce sport, c'était ma vie. J'ai l'impression d'avoir vendu mon âme... Maintenant, il est trop tard pour reculer... Je suis beaucoup trop orgueilleuse et, de toute manière, il serait difficile de revenir en arrière. Je dois assumer mes décisions...

— Je ne patine plus, maman, dis-je en essayant de me convaincre moi-même avant tout.

— Il n'est pas trop tard pour y retourner, réplique-t-elle, la session d'été ne commence qu'en juillet…

Je ne me rappelle plus si elle sait que j'ai vendu mes patins et je n'ose pas lui répéter cet inconvénient majeur… C'est Francis, finalement, qui brise ce moment de malaise en me posant un paquet sur les genoux.

— Tiens, ouvre au lieu de renifler comme d'habitude, dit-il en une boutade.

Et c'est le cœur gros que j'entreprends de déballer le cadeau de mon frère. Quand j'ouvre la boîte, je reste figée, le souffle coupé. Mes deux paires de patins s'y trouvent !

Je n'y comprends rien.

Ces patins ont été vendus à l'aréna, par l'entremise de Sandrine, bien avant mon départ pour l'Europe. Comment peuvent-ils se retrouver aujourd'hui sur mes genoux, dans cette boîte. Interloquée, bouche béante, yeux écarquillés, je questionne du regard Francis, puis Sandrine, puis maman qui me regardent avec un sourire complice. J'arrive à articuler :

— Qu'est-ce qui se passe ? Comment as-tu récupéré mes patins ?

— Alors, t'es contente ? réplique Francis. T'as plus de raison de ne pas t'inscrire pour l'été maintenant, n'est-ce pas ?

— Et tu vas pouvoir mettre la robe aussi, ajoute maman.

Je me tourne vers Sandrine, résolue à comprendre.

— Tu ne m'as pas dit qu'il y avait un acheteur, à l'aréna, une fille que tu connais ?

— Oui, sauf que je t'ai caché un petit détail. L'acheteur était Francis… Je me suis permis de lui dire que tu avais mis tes patins en vente pour financer ton voyage.

Francis continue :

— Je ne voulais pas que tu te prives de ton sport, alors je les ai achetés. J'étais certain que tu regretterais ton geste une fois revenue d'Europe. Est-ce que je me trompe ?

Pour toute réponse, je me jette dans ses bras et m'y blottis pendant de longues minutes. J'arrive à balbutier plusieurs mercis et « t'aurais pas dû », pendant que mon frère me tapote le dos de sa large main puissante. Mal à l'aise, les autres se dirigent vers la cuisine. Par la fenêtre ouverte, j'entends le cri strident du cardinal qui me salue. Je desserre finalement mon étreinte et murmure à mon frère :

— Mais comment savez-vous que c'est ma fête ?

Alors, tout doucement, le regard toujours plongé au fond de mon âme, il me tend une enveloppe froissée et tachée qui fut sans doute blanche un jour.

— Tiens, dit-il en me la posant sur les genoux. Les policiers ont retrouvé cela avec les papiers de ton oncle. Ils l'ont remise à maman. Ton dernier cadeau de fête.

Il se lève et s'éloigne, me laissant seule avec ce morceau d'autrefois. Sur l'enveloppe, il est écrit en espagnol : Pour Rosa, à lire le jour de tes seize ans, le 18 juin 200…

Fébrile, je décachette et j'entreprends un émouvant voyage au pays de mon enfance sur les ailes d'une missive toute simple, écrite à l'encre aux couleurs d'un ciel d'Espagne.

Ma chère petite Rosa,

Il m'est très difficile de t'écrire ces mots, mais je souhaite, par cette lettre te parler de ton enfance, selon mon regard à moi, ta mère. J'ai 34 ans. Depuis toujours, je suis atteinte d'asthme sévère. Dernièrement, la situation s'est aggravée, l'emphysème a détérioré l'état de mes poumons. Je suis devenue si faible que déjà je n'arrive plus à te prendre dans mes bras, même si tu n'es qu'une toute petite fille de quatre ans. Je n'ose te dire le sort qui m'attend.

Tu trouveras dans cette enveloppe quelques photos, souvenirs de

l'époque où nous vivions
ensemble ton père, toi et moi.
Tu es née à Pecsvarad, une petite
ville de Hongrie, le 18 juin 199...
Nous avons quitté ce pays peu
après ta naissance pour venir nous
installer ici, en Espagne, où le
climat sec devait m'aider à mieux
supporter ma maladie. Ta grand-
mère paternelle habite toujours
la Hongrie. Elle doit être très âgée
aujourd'hui. J'espère que ton père
t'amène parfois la visiter pour
que tu puisses la connaître un peu
mieux.

Comme tu le sais sans doute,
ton père est propriétaire d'un petit
garage avec son frère Laszlo.
Nous habitons à côté du commerce. Tu aimes bien les regarder
travailler. Tu reconnais déjà plusieurs marques de voitures !
En ce moment, je t'observe par
la fenêtre de ma chambre.
Tu t'amuses autour des pompes
à essence avec un ballon que t'a
donné ton père.

Tu es notre unique enfant.
Au début, je trouvais cela malheu-

*reux, mais maintenant, je crois
que c'est peut-être mieux ainsi,
puisque je n'aurai pas la chance
de te voir grandir. Tu es une fillette très jolie et attachante. Tu es
aussi très éveillée. Déjà, tu parles
l'espagnol mieux que nous.
Comme la plupart des gitans,
tu as de la facilité pour les
langues. C'est dans ton sang...*

*J'aimerais beaucoup que tu fasses
de belles études et que tu ailles au
bout de tes rêves. Mon seul regret
est que je ne serai pas là pour
t'épauler lors des moments diffi-
ciles de ta vie. Aussi, j'aurais
voulu te voir grandir. Si tu savais
comme c'est dur de devoir te dire
adieu si tôt, de penser que bientôt, je ne pourrai plus te serrer
dans mes bras et que peut-être
dans ton petit cœur d'enfant,
si fragile, tu croiras que je t'ai
abandonnée.*

*Aujourd'hui, tu es assurément
devenue une magnifique jeune
fille et je souhaite de tout mon
cœur que tu sois heureuse. Tu as
sans doute oublié mon image,*

mais j'espère que tu ressens encore, au fond de ton âme, tout l'amour que j'ai pour toi.

J'ai fait promettre à ton père de te remettre cette lettre le jour de tes seize ans, alors que tu seras assez grande pour comprendre que j'aurais tout donné pour recouvrer la santé et t'aimer plus longtemps. Mais, il semble que «tout» ne sera pas suffisant. Dieu en a décidé autrement. J'espère que ton père aura tenu sa promesse pour que je puisse te souhaiter aujourd'hui un très mémorable anniversaire.

Je t'aime depuis toujours et je veille sur toi.

Ta maman,

Zsuzsa xxx

TABLE DES MATIÈRES

ANNIE
VINTZE

Annie Vintze est née à Québec, mais elle habite la région de Montréal depuis sa petite enfance. Pour elle, les voyages sont une inépuisable source d'inspiration. Dans *Un sirop au goût amer*, l'auteure nous permet de retrouver les personnages de ses deux premiers romans, en un périple qui les conduira au cœur de l'Europe. Cette troisième aventure s'inscrit donc dans la lignée des textes précédents dont l'un, *Au sud du Rio Grande*, a été finaliste du Prix du livre M. Christie, en 2002. Dotée d'un grand sens de l'observation et d'une plume alerte, Annie se sent particulièrement concernée par les questions d'éthique, de justice sociale et de multiculturalisme. Entourée d'adolescents, elle enseigne le français au secondaire, au collège Letendre à Laval. Elle est également mère de deux fillettes adolescentes.

Collection Conquêtes